モナドの領域

新潮社

筒井康隆

モナドの領域　目次

モナドの領域

ベーカリー

1

午前十時二十分。禍まがしい現場だというのに空は晴れていて雲ひとつなかった。空気は暖かく、そよ風が吹いていた。藪萱草《やぶかんぞう》や野萱草《のかんぞう》が生い茂った土手を河川敷まで降りた上代《かみだい》真一警部は、周辺に散らばった何十人もの捜査員の中央で七人の警察官が三メートルほどの円周内に屯《たむろ》している現場へ近づいていった。小さな飛蝗《ばった》が跳ね、警部の鑑識現場用カバーをつけた靴や折返しのないズボンの裾に飛びついてきた。

「上代さん」真一より二歳若くて背の高い捜査一課の杉本刑事が、初めて逢うような表情でしげしげと近づいてくる彼を見た。よく見知っている他の警察官たちも似たような眼で真一を見た。

そんな眼には馴れていた。真一は自分の風貌についての自覚があったし、それに気づいていないふりをすることにも馴れていた。

杉本はすぐ我に返り、いつもの硬い口調で傍らの若い巡査を掌で差した。「あ、警部。これが通報を受けて最初にこれを確認した井上です」

「やあご苦労さん」

発見された女の片腕に眼を落してその傍にしゃがみ込んだ真一の顔に、さっきからずっと腕を観察していた鑑識の堤が眼を向け、にやにやした。彼は六十歳を過ぎていたが、その顔の皺からはもっと老人に見えた。

「よう。美男子。来たな」

「五十歳になる男に普通美男子なんて言わんでしょう」

「いやいや。あんたは何歳になっても美しいよ。真の美貌には衰えというものがない。でも苦労するだろうなあ。その美貌ゆえの苦労ってものがわしにはよくわかるよ。結婚もできないんだろ」

女の右腕のあちこちを手袋をはめた手で触れまわりながら洒脱な口調で堤が吐き続ける軽口がほんの少しでも途切れるのを息はずませて待っていた井上が、とうとう待ちきれずに手帳を見ながら報告しはじめた。「第一発見者は美大で演劇のクラブに所属している学生で、名前は實石《じついし》夏生、二十一歳男性です。帰ってしまいましたが住所や電話番号は聴取しておきました。芝居の装置に使うための葦を刈りに朝から来ていて、そこにその右の片腕が落ちているのを見て、美術をやっている学生だけあってすぐにそれがマネキンの腕なんかではないことがわかったと言っておりました。そこですぐケータイで百十番したそうです。ひとりで来ていて付近には他に誰もいなかったと言っております。自分が到着するまで待っていてくれたんですが、その間もここへ来た者はひとりもなく」

「手タレ、というのを知っておるかね」突然堤が真一にそう訊ね、報告を中断された井上が危うくつんのめりそうになる。だが堤は返事を期待したわけではなかったらしく、喋り続けた。「その美大生の言うようにこの腕はまったくマネキンの腕のようでもなければ、手タレの腕のようでもない。手タレというのはな、美しい手によって稼いでおる女性タレントのことだ。腕とか指とかのクローズアップがある時は女優の腕ではなくこの手タレが出演してな、手の演技をする。普段から自分の手を大切にすることはもう大変なもんだ。力仕事はおろか台所仕事などもやらず、寝るときも腕を養生して寝る。爪も常に手入れして美しさと清潔さを保ち、男と遊ぶことさえあまりせんらしい。男は乱暴だから何するかわからんでな。だからしてこれがマネキンの腕でないことは勿論だが、その手タレの腕のようでないこともまた確かなことだわ。それどころか、いつも手を綺麗にしておるような金持階級の女の腕でもない。しかしわしはこの腕、肩口から切断されたこの女の手、すっぱりと切断されたのでもなくごりごりと乱暴に切り取られたのでもなく、なんかこう自然に肩からはずされたように見えるこの腕が何とも実に好ましいんだよな。たしかに切断面には血がこびりついている。そしてどちらかといえば不細工な腕だ。女の腕としてはな。しかしな、おそらくはアダムと一緒に神様が作ったイブの腕もこんなじゃなかったかと思うほど普通の女の腕に感じられる普遍的なエロティシズムがこれにはあってね。いやあたまらんねえ。色はさほど白くないし指はむしろ太い。『陰翳礼讃』を書いた谷崎潤一郎先生のお気に入りの腕だとは思うが、けっしてあの『片腕』の川端康成さんが好む腕ではない。でも勿論、肉体労働者の腕でもないな。どちらかといえば腕は細い方だ。しかし手首から先はよく使っておるな。台所仕事だけじゃなく、手全体を使って何かやっとるよ。陶芸とか、粘土細工とかな。歳は二十歳前後だろう。おっ。そう言えば近くに美大があるとか言っとったな。いやあ、いいねえこの腕。実にいい。たまらんねえ。それでと、被害者本人だが、これはあくまで推測だよ。推測だが背丈は一メートル五十センチくらいかな。肥ってはいない。で、これは殺されて間なしだ。そして切り取られて間なしだ。殺されて十時間は経っておるが、それ以上ではあるまいと思う。水でふやけてはおらんから、川に投げ込まれたものがここへ漂着したのではない。最初からここに捨てられたんだ。爪はあまりのびていないが、爪の間からも、今はまだ何も出てこんなあ。砂も出ん」

「付近から何か出たかい」

「いいえ。まだ何も」と、訊ねられた杉本が野太い声で真一に応える。彼は古いタイプの大工の棟梁のように見えた。

「二十歳前後で身長一メートル五十、昨日の深夜までに行方不明になっている女性だ」真一は立ちあがって自分の顔の分だけ高い杉本を見上げて言った。「署で調べてもらえ」

「わかりました」杉本は警察専用のポリスモードと呼ばれているケータイを出した。

他の警察官たちもそれぞれケータイを出した。

真一は周辺を歩きまわった。まず川縁に出たが、漂着した腕ではないという堤の言葉を思い出して、そのままぼんやりと川面を眺めた。水は澄んでいて川底の石が見えた。尖った石はなかった。自分のことを美男子、と堤が言ったことも思い出した。杉本の表情も思い出した。真一は事件の現場でしばしば事件とは関係のない他のことを考えた。それによって捜査の目処がついたりもするのだ。真一は低くうーと唸った。少年時代から美しいと言われ続けていて、女性からの誘惑もずいぶん多かったのだが、さいわい大きな過ちがなかったことは今になって幸運であったと安堵する結果になっている。可愛いと婦人警官から言われないために鼻下髭を蓄えたが、これは映画俳優のようだという評判で尚さらもて囃されて逆効果になってしまった。真一は大きく呼吸して朝の新鮮な空気を有難い思いで満喫した。数百メートル彼方までの河川敷を捜査員たちが俯いて歩きまわっている。この辺からはもう何も出るまいと真一は唐突に思った。彼の直感はよく適中した。結婚もできないんだろ、と堤は言った。すぐにでも結婚できそうな女は今も四人いるが、そのうちの三人はどう考えても警察官の妻として務まる女ではないし、あとの一人はとても利口な女だが器量が悪くてどうにも愛することができない。美人を求めているわけではなく、むしろ不美人の方が真一は好きだったのだが、おそらくはＤＮＡの不整合なのだろう。堤の言った手タレ、などという女はもちろん願い下げだ。

　堤は手フェチなのか、と真一は思った。若い女の腕だからあんなに夢中になっているだけなのか。イブの腕みたいだと言ったりもした。イブって西欧系だろうが。なぜあれがイブの腕なんだ。「陰翳礼讃」も「片腕」も真一は読んでいる。以前から普通の巡査や刑事と、警部との違いのひとつは一般的教養だと真一は思っていた。実際にもそれは役に立つことが多いのだ。堤の言ったことが芋づる式に次つぎと思い出された。台所仕事乃至《ないし》家事だけではなく手を使う女性。美大では粘土をこねるのか。彫刻科の学生。デパートの店員も包装で手を使うぞ。肉体労働にしても工場などで手先指先だけ使う仕事はたくさんある。ＯＡ機器のキイパンチャーだってそうだろう。美容師、マッサージ師はどうなんだ。真一は肘を二十度に曲げたあの被害者の女の腕を思い出してみた。肉厚の掌も太めの指もやわらかく平和そうに拡げられていて、虚空をつかむなど断末魔の苦痛を示した手の表情はひとつもうかがえなかった。それにしても被害者は美しい女性だったのか。殺されたのはその美しさ故か。どんな娘でどんな服装をしていたのか。真一は何もわからなかったが余計なことを考えて先入観にならないよう、わからぬままにしておこうと考えた。つまり、もう少し何かわかるまで考えないようにしようと考えたのだ。

「何か出たか」偶然そばへ来た捜査員に真一は訊ねた。

「いえ。何も」足下の雑草に眼を向けていた若い捜査員がちょっと驚いて、立ちすくむような様子を見せた。

井上という若い巡査の言動を思い出して真一はちょっと笑った。あの頃の年齢の自分はもっと世慣れていて、あんなにしゃっちょこ張ってはいなかったぞ。杉本はいい男だが、あいつ、おれが好きなのかな。男色の傾向がある人間はよくああいう眼つきをするし、男色家の中にはああいうタイプもいる。いやいや、それを言うならいちばん危ないのは堤だろう。あの老人は、現代ではさほど老人ではないのかもしれないが見かけは老人だ。目つきがなんとなくファナティックで、耽美主義的な風貌をしていて、悪魔のように善悪の区別を茶化すところがある。美男子という言い方も気に食わないが、実際にも美男子が好きなんだろう。不思議なことにおれも彼が嫌いではない。それにしても彼は。

「おい美男子」

まさにその堤が背後から声をかけてきたので、真一は少しのけぞった。油断がならないのはこういう具合に相手の虚をついたり隙を狙うようにして声をかけたりするところだ。刑事たちはすでに堤防に向っていて、杉本は大事そうにビニール袋に入った片腕を抱えている。

「わしは今笑っておるが、これは真面目な話だ」と、堤は言った。「わしらは引きあげるが、もしまだここにいるのなら、言っておきたいことがある。あのなあ、この事件、何やら異常な感じがする。こんな気がすることは初めてだし、たかがバラバラ事件の片腕なんだが、極めて大きな何事かの濫觴《らんしょう》と思えてならんのだわ。まあ、何を注意せよと言えばいいのかそれもわからんのだが、くれぐれも気をつけてな」

そうか。バラバラ事件なんだ。そう思いながら真一は丁寧に頭を下げた。「はあ。そうですか。なんとなくわかりますので、気をつけて捜査にあたります」

よろめき加減に河川敷を堤防に向う堤の背中を見つめたままで、真一はすっかり堤の神秘主義的な言葉を信じる気になっていた。バラバラ事件であることに間違いはない。屍体の片腕だけを切り離して遺棄するというのはおかしな話であり、屍体すべてがバラバラにされていて、あの片腕だけをここに遺棄したと考えるのが自然だろう。この辺からは凶器も出まい。あとはどこかから他の部分が出てくるのを待つしかない。それにしてもこの不思議な気分は何ゆえか。あの片腕に何か不思議があったのか。あるいは堤の饒舌に影響されてのことなのか。いつものことだが事件の全貌がわからぬというのは歯がゆいことである。真一は雑多な思念とともにさらにあたりを歩きまわった。こんなに雑草が生い茂っていたのでは、ぬかるみの中に犯人の靴裏の痕跡を見つけることも困難だ。

ケータイが鳴った。堤防に到達した他の連中のケータイも遠くで鳴りはじめている。電話は署内にいる同じ課の工藤刑事からだった。切迫した声だったので、何か出るのを待ち構えていたのだ、だがそれは、行方不明者の線から何か出たということではあるまい、と真一は思った。

「今度は片足が出ました。その近くの公園です。場所は井上巡査が知っています。井上はそこにいますか」

「いるよ。では、すぐにそっちへ行く」

2

駅前のロータリーからあまり人通りのない商店街に入ってすぐ、ほとんど向かいあって二軒のパン屋があった。一軒は普通のパン屋だが、もう一軒は「アート・ベーカリー」といい、動物の形をした主にバゲットと同じ製法で作られたパンを売っていた。この店はまた店内にテーブルが三つとカウンター席があり、バゲットやその他のパンやサンドイッチ、ハムやソーセージやベーコンや、目玉焼きや炒り卵などの卵料理や、珈琲やココアやミルクなども供していた。カウンターの上のガラスケースに入っている動物形のバゲットは外側が堅くて中が柔らかく、熊や牛や馬の形をしていた。その他、子供たちに人気があったのは象や豚の形をしたものだった。以前には犬や猫の形をしたものも売ったことがあったが、あまり売れなかったので今はもう作らない。この店のパンは向かいの滝本パン店よりもやや高価で、街の人にはこちらの店の方が高級と認識されていた。つまり滝本パン店は送られてきたパンをそのまま売っていたが、アート・ベーカリーは冷凍生地で送られてきたものを成形して竈で焼くというベークオフ形式だったのである。竈は中地階にあり、まるで欧米のパン屋のように通りから部屋の中央の大テーブルで生地を成形したり竈からパンを出したりしている職人の姿を窓越しに見ることができた。パン職人は島という中年の男ひとりで、忙しい時は店主の紺野雅彦が手伝ったりもしているのだが、パン生地で動物を作っているのは近くの美大から来ているアルバイトの学生だった。現在はどちらも彫刻科の、倉見という男子学生と堀という女子学生の二人だった。紺野はだいぶ以前から美大の学生をバイトで雇い、パン生地で動物を作らせていたのである。

「おれたち、明日から十日ほど休ませてもらえませんか」

その日、倉見が申し訳なさそうにそう言ってきた。倉見直之というこの学生は紺野よりも背は高いが現代ではほぼ中肉中背と言え、美大生であることに誇りを持っているかの如く、なんとなく年上の者を見下したようなうす笑いを浮かべていて、それが今のこの年頃の男に多く見られるとは言え、やはり紺野は少し気に食わない。紺野雅彦は五十四歳でよく肥っていたが、それはベーカリーの店主として申し分のない威厳を保った肥りかただった。その丸顔もまた体型に釣りあっていて魅力的に見えた。

彼はちょっと腹を突き出して見せた。「そんなこと急に言われても困る。美大から臨時のバイトに来てもらわなきゃならんのに、今から電話しても明日じゃ間に合わない。それに君たちの作る動物、評判がよくてね。奥さん連にも子供さんたちにもえらい人気だ。急に来てもらった学生にすぐあんないいものが作れるとはとても思えないし。誰かすぐに来てくれるいい学生がいるというならともかくだな」

紺野の言い分をわかっているわかっているというように途中から何度も頷き続けて聞いていた倉見が笑いながら言った。「あのご主人、ご主人。それはご心配いりません。別のバイトをそちらで探されたのではおれたちだって帰ってきた時にこのお店に復帰できなくなって困るんですから。それでまあ、十日に限って働いてくれる友人をちゃんと見つけてあるんです。やはり彫刻科の学生で栗本って言うんですが、これはたいへん優秀なやつです。もちろんこの店には何度もパンを買いに来ていて、あの動物だって作れると言っています。おれたちより上手く作れるかもしれないな」

「帰ってきた時に」という倉見の言葉で店主はすぐに彼らの休暇が旅行のためであり、恋愛関係にあるらしい堀と一緒にどこかへ行くつもりであることを察した。十日というからには恐らく海外であろうし、バイトは旅費を稼ぐためでもあったのだろう。「夕方にでもつれてくることはできるのか。どんな学生か一応見ておかないとな」

「わかりました。店が終るころに来るよう、言っておきますから」そう言ってから彼はなぜかあははと笑った。

アート・ベーカリーが閉店する午後七時少し前に栗本というその学生はやってきた。紺野は妻の佳奈も立ち会わせた。佳奈は紺野より四歳年下で眼が大きく鋭い顔をしていて、実際にも人間観察に鋭いところがあった。そして非常に痩せていた。倉見と堀も立ち会った。五人はすべて隣のビルの壁が見える窓際の、いちばん入口のドアから遠いテーブルに掛けた。

栗本健人という美大生はのっぽで、一メートル八十は越えているかと思われた。彼は顔も長く、キリストのような髭を生やしていた。寡黙であり、問われたことにしか答えなかったが、微笑は絶やさなかった。紺野は気に入った。佳奈は時おりバゲットを買いにくる彼を見知っていたが、なんとなく不安そうだった。あとで聞くと、なんだかいつも他のことを考えているか何かに気をとられているみたいだというのだ。それでも彼を断る理由はひとつもなかった。

「朝は七時から来てもらわなきゃならんが、大丈夫ですか」

「大丈夫です」

「パンを焼いてしまったら、もう帰ってもいいのよ」と、堀宏美が横から言った。彼女は倉見と同い年で背はあまり高くなく小肥りだった。気の強そうな顔立ちで普段は無愛想だったが、彼女もよほど旅行に行きたいらしく栗本に来てもらいたくてけんめいだった。

「滅多にないことだが、パンが売り切れそうな時だけ早いめに連絡するけど、大学からはいつでも抜けてくることはできるんですか」今までは二人いたので、どちらかが来てくれていたのだ。

「いつでもどうぞ」微笑を絶やさずに栗本は頷いた。足を組み、細い指先でテーブルを叩いたりして、落ちついていた。

いつでもどうぞと言った栗本を、倉見は少し驚いた顔で見た。こいつほんとにいつでも授業をサボれるのか。でもそう言ってくれて助かった、他に頼めるやつはいないからな。倉見はそう思い、ほっとしていた。

倉見直之と堀宏美が来なくなって初日の翌朝、時間通りに来た栗本を紺野は工房と呼んでいる中地階の作業場へ案内して島に引きあわせた。パン職人の島勝己は見かけほど気難しくはなく丁寧に説明した。全体の製法と自分のひと通りの作業内容を聞くと、栗本はさっそくパン生地で動物を作りはじめた。なぜか手慣れた様子だった。熊と豚を一匹ずつ細部までみごとに作ったのを見て安心し、紺野は一階に戻った。明日はもう少しパン生地を多く注文しようと、紺野は佳奈に言った。あれなら倉見や堀より上出来だ。

店内にパンの香りが充満し、中地階からもその芳香が通りにまで流れ出て通行人の多くが顔を上に向け鼻をうごめかす開店少し前のいつもの時刻、島が中地階から大きなトレイに載せて店へ運び込んできたバゲットを見て紺野は蒼ざめ、佳奈は驚きでのけぞった。いつもの、動物の形をした小さなバゲット数十個の上にひとつだけ、でんと載っているパンが人間の片腕の形をしていたからだ。パンで作られたその女の右腕は実物大で、長さは四十センチほど、肘の少し上から伸ばした指の先まであった。ウエイトレスの藤田すま子が笑い出した。彼女は一ヶ月前から来ている高校を出たばかりの無邪気な娘である。

　驚きでものも言えないでいる店主夫妻に、しかめっ面にいくぶんの笑いを見せて島は言った。「いやあ、何でもん作るんだってあたしゃ言ったんですがね、ちょうど美大で、粘土使ってこれやってるんで、つい作っちまったって言うんですよ。こんなもん売り物にはならんだろうがって言ったんですが、でもこれ、なかなかよくできてるってあたしゃ思うんですがね。指先がちょっと焦げちまいましたが、でもその方がかえってリアルに見えるじゃないですか。わはは」

「栗本、どうしてるんだ」驚きから立ち直って紺野は訊ねた。

「仕あがりが心配だったようで、パンが焼きあがるまで傍にいて、今は手ぇ洗いに行ってますあ」

「呼んできてくれ」

　なんのつもりだ、手を拭きながらあらわれた栗本に詰問すると彼はあいかわらずの微笑で言った。「何か面白いものはできないかと思ったんです。新しいアイディアで何か作ると紺野さんは必ず面白がってくれるって、倉見が言ってたもんですから」

　尖った声で佳奈が言った。「わたしはひどく悪趣味だと思うけどね。それにこれ、あんたはいったい、例えばどれくらいの値段で売れればいいと思うの」

「細工そのものの芸術性に関しては自信があります」栗本はそう言って頷いた。「どうせ売れないのなら、二千円の値段をつけてショーケースに入れておいてくだされば」

「に、二千円」紺野はあきれて裏声を出したが、アート・ベーカリーと称してはいるものの真の芸術性などというものに定価はないのであり、しかたなく値札をつけないままでショーケースに入れた。

アート・ベーカリーの開店時間は遅い朝食と、朝食を兼ねた昼食をとる客のためにいつも十一時である。その朝は常連の結野《ゆいの》先生が一番にガラスドアを開けた。やあお早う、お早うございますといつもの挨拶を店主夫妻やウエイトレスと交しながら、美大の結野楯夫西洋美術史教授は年齢に似ぬ少しせかせかした足取りでいつもの決った席、昨夜栗本を皆で囲んだいちばん奥のテーブルについた。この上品な六十七歳の教授は四年前夫人に先立たれて以来ずっと独身生活を続けていて、この店へはその頃から朝の授業がない日だけ週に四回来ていた。来店した日の彼の朝食のメニューは決っていて、四センチの厚さに切ったバゲット三切れとバター、レタスに載せたベーコンエッグ、そして珈琲二杯である。ベーコンは少し焼いただけのもの二枚、卵はふたつ落した目玉焼きだ。彼はお洒落であり、いつもきちんと三つ揃のスーツを着ていて、立ち居振舞いにもそつがなく、この街には数少ない初老の紳士と言えた。相応に威厳はあるもののいつも陽気で気さくだった。

珈琲のお代りを注ぎにきたすま子にそれまで読んでいた新聞から彼女へと顔を向けた結野教授は、ガラスケースの中に眼をとめて言った。「なんだあれは」

すま子の説明を聞きながら立ちあがってケースに近寄り、教授はしげしげと片腕の形をしたバゲットを観察した。それから笑い出した。背筋を伸ばして大声で笑ったので、その時はもうカウンターの客も加えて七、八人になっていた全員が驚いて教授を見た。

「これはいい。いいよ。いいよ」笑い声を気にしてカウンターの向うを近づいてきた店主に教授は大きく頷きかけた。「なかなかのもんだ。いやまあ、パンに焼いたらこんなにリアルなものができるとはなあ。こりゃいったい、誰が作ったんだ。あんたか」片腕に気を取られてすま子の説明をよく聞いていなかった教授は眼鏡を光らせて紺野を見た。

「とんでもありませんよ」紺野は忌わしいものを振りはらうような仕草をした。「今日から来ているおたくの彫刻科の学生が面白がって冗談で作ったんです」

「その学生に会いたいね。まだいるのか」

「もう帰りました」

「これはもう、わしの大学のデッサンのモデルにしたいくらいのもんだよ。そうか。これを持って行って学生を驚かせるだけでもいいか」教授の悪戯っぽい眼がまた光った。「これ、いくらで売ってるの」

「あの、先生。こんなもの、店として、売れやしませんよ。っていうか、売り物じゃないんです」

横にいた佳奈には、教授が買って帰るのを紺野がひどく恐れているかに見えた。

「でもなあ。一応値段はあるんだろ。こんなとこへ飾っている以上はさ」

「まあ、作った子は二千円でなんて馬鹿げたことを言ってましたけどね。どうせ売れないんであればと言って」

「買うよ。買います」教授は大喜びしてそう言った。

いったいどんなパンなのかと、来ていた客全員がやってきた。彼らは女性の右腕と思えるそのバゲットを見て一瞬度肝を抜かれ、一様にしゃっちょこ張ったものの、すぐに笑い出した。「よく出来てるなあ」「本物の手を焼いたみたい」

「やめてください」紺野は今や不吉な予感に襲われ、蒼ざめていた。「こんなこと、よそで言わないでくださいよ」

翌朝七時、やってきた栗本に紺野は、ああいう気持の悪いものは二度と作らないようにと言い、約束させた。「確かにあれは売れたんだけど、指さきを折らないように包装するのが大変で、ずいぶん厄介だった。それにあくまであれは君の大学の洋画科の結野という先生が、生徒にデッサンさせるためにのみ買ってくれたんだからね。普通のお客さんには気味が悪いだけの代物だから売り物にはならない。あんな不吉なもので評判になったら店の値打ちが下がってしまう。他にアイディアがあるなら作ってくれてもいいけど、まあ、動物だけにしてくれ」

わかりました、と、栗本健人は腹を立てる様子もなく、微笑を浮かべたままでそう応えて、それからしばらく何日かは定番の動物だけを作り続けた。それでもほんの二、三人ではあったが、腕のパンというのがあるのかと聞いてきた客もいた。結野教授が買う現場に居あわせた客からの噂を聞いたのか、あるいは教授の教え子たちから聞いた人たちであろうと思えた。人はさまざまであり、中には手のフェティシズムというものがあったりもするということを知っていた紺野は、そんなものを買ってどうするのかと訊ね返したい気分だったが、あれはもう作っていないと言うにとどめていた。だから突然、腕のパンを売ってくれという客が急増した時には驚いた。その理由はそうした客のひとりから聞いてすぐに判明した。紺野が購読していない新聞のコラムに、結野教授が腕のパンのことを書いたからだった。何人かが交代で書いているその連載コラムは文化欄の片隅のほんの二十数行のエッセイだったが、軽くて読みやすく、購読しているほとんどの読者が読んでいたのだ。あれからも店に来ているくせに、書いたなら書いたとひとこと言ってくれたらいいのにと紺野は思った。そして、そんなことで客が激増したのにも驚いたのだった。

結野教授の書いたコラムは、まず行きつけのベーカリーとしてアート・ベーカリーの名前と店の所在地をあげ、そこでバゲットの製法で作られた女の右腕を見つけて驚き、それがリアルでありながら芸術性を持っていて、焼いてあることによってより迫真性を高めていることが美学者らしい観察眼で述べられていた。因《ちなみ》に、そのバゲットを食べてみたが、外側が堅くて中がふんわり柔らかく、バターなどの乳製品も砂糖も卵もまったく使わぬというバゲットの特徴がよく生かされた美味であると続けて、ここからは自慢になるがと前置きしてから、それが自分の勤める美大の彫刻科の学生が作ったものであること、彼がバイトとして主に動物のパンを作りに来ていることなども書かれ、とんでもない場所でわが美大にこんな優秀な学生がいることを知り、誇りに思うと結ばれていた。結野が依頼したらしくて後日新聞社からはその日付けの新聞が送られてきたが、紺野はそれ以前に客からコラムの切抜きを見せられていた。コラムが掲載された日、最初のうち、問い合わせの電話に対してそんなものは作っていないと無愛想な応対をしていたのだが、カウンターの中の夫の傍らでこれを聞いていた佳奈がたまりかねて、あれを作って売るべきだと主張しはじめた。

「なんで断るのよ。この調子だときっと、もうひっきりなしに問い合わせがくるわよ。栗本君にもっと作ってもらったらいいじゃないの。紹介してくれた結野先生にも悪いわ。せっかくの注文、全部無駄にする気なの」

紺野は呻くように言う。「だからって、あんな不気味なものを店の看板商品にするなんて、おれにはできないよ」

佳奈はいつもの鋭いうわ目で夫を見あげ、猜疑心をあからさまにした。「あんた、何だか女の腕にいやな思い出でもあるみたいね。怖がり方が尋常じゃないわよ」

雅彦は一瞬妻の直感力に驚愕したかのような表情を見せ、彼女に向きなおった。「そんなことあるもんか」しばらく黙って自分の顔を見つめ続けていた佳奈に、とうとう彼は降参の両手をあげた。「わかったよ、わかったよ。それならそれで早いとこ栗本に電話しなきゃあ。お前、してくれるか。おれ、この間きついこと言って、あれをもう作るなって約束させちまってるんで、具合悪いんだよ。まあ、それがあれを作りたくない理由でもあってね」

夫の一瞬の急変に佳奈はますます疑惑の念を募らせたのだったが、今はそれ以上追及するべきではないと判断した。やってくる客の多さを考えれば、それどころではなかったのだ。彼女は十時に帰ったばかりの栗本のケータイにかけ、もう午後の二時だけど、今から来てくれるかと訊ねた。問題ありませんと栗本は応え、三十分後にやってきた。バゲットやバタールなど通常のパンを焼き続けていた島は冷凍庫にたっぷりのパン生地を大量に解凍した。腕のバゲットの予約を受付けはじめてからすでに二十個余の注文があった。栗本が腕のバゲットを作り続けている間にも注文は次つぎにあり、買いにくる客が時には列を作った。都心部から買いに来たという客もいた。民放各社からも問い合わせてきて、それは作っているところを撮り、インタヴューしたいという申込みの電話だった。それまでに作られたパンはすべて売り切れて、雅彦は大量の冷凍生地を注文し、買えなかった客には明日の朝来てくれるように頼み、午後七時に店を閉めたあと、佳奈は明日の分も作っておいてくれと栗本に頼んだ。残業ですねと笑って栗本は承知した。

閉店後、島は栗本をつれて近くの居酒屋へ夕食にでかけた。栗本が気に入った島は彼を奢ってやることにしたのだ。そんなことは今までになく、島には珍しいことだった。店に戻ってきたのは栗本ひとりだった。島は酔っぱらい、ひとりで近くのマンションの住まいへ帰ったのだった。栗本は酔っていなかったが、佳奈の眼にはどことなく彼が無表情になっているように思えた。いつもの微笑が浮かんでいなかったからである。

十一時になり、様子を見るため工房に降りていった佳奈は、片腕作りに集中している栗本の仕事ぶりを確認し、彼が帰宅する時のために店のシャッターの鍵を渡し、予備の鍵だからずっと持っているようにと彼に言った。わかりましたと呟くように言った栗本の顔はふたたび表情が変化しているように佳奈には見えた。無表情ではあったが、なんだか眼の光が何色にもなり、視線が宙空に向けて泳いでいるかに見えたのだ。徹夜になりそうね。進行状態を見て佳奈はそう言い、二階にある住まいに戻り、すでにベッドに入っている夫にそう報告した。

翌朝の六時、掃除婦の斉藤菊枝が中地階の工房に入ってきた。毎朝、作業が始まる前に工房の掃除をするのが彼女の仕事だった。そのあと一階の店内を清掃するのである。彼女は中年のよく肥った背の低い女性で、自分の丸顔をパンになぞらえる冗談が好きであり、だからベーカリーで働いていることが自慢だった。工房には誰もいなかったが、中央の大きな作業台の上にはすでに焼かれたバゲットが山積みされていた。焼いたのはあきらかに島勝己ではなかった。島が帰ったあと、昨夜から島に焼き加減や焼き色に不満があると言っていた栗本がほとんど徹夜をし、いつそのような技術を身につけたのか、自身で焼いたに違いなかった。

よりリアルになった大量の片腕がそこにはあった。そのようなものが積みあげられていた場合、通常誰でもが連想するのは、言うまでもなくアウシュヴィッツである。バケツを落して両手をあげ、地獄を見たかのような、斉藤菊枝のあげた悪魔じみた悲鳴は遠吠えとも言えるものであり、その声は通りの彼方にまで達した。

3

階下から聞こえてきた斉藤菊枝の絶叫と、それに続いて二階へ駆けあがってきた彼女が住まいのドアを激しく叩く音で起された雅彦と佳奈は菊枝と共に工房に降りた。

「これは、腕じゃないのよ」作業台の上を見て佳奈は菊枝に言う。「これはパンなの」

「腕にしか見えませんでした」激しく泣き叫んだ時のままの涙目で菊枝は言った。

バゲットの一本を取りあげて仔細に観察していた雅彦が、この世ならぬものを見たという表情で工房を見まわしながらうつろな声で言う。「これは島が焼いたんじゃない」

「ええ。島さんはまだ来ていないわ」それがどうした、という顔で佳奈は夫を見た。

「栗本が焼いて帰ったんだ。今焼きあげたばかりみたいだからな」呟くようにそう言ってから彼は突然興奮して妻に叫んだ。「これがどれだけえらいことか、お前わかるか。お前は知らんだろうがな、バゲットっていうのはな、パン職人の修業でもって、いちばんの難関なんだよ。見様見真似で焼けるわけがないんだ。島が焼いているのを見ていただけでこんな焼き色、出せるわけないんだからな。あいつ」雅彦は工房の天井を見あげたのち、ふたたびそのままのうつろな眼で室内を見まわした。「あいつ、いったいどこでこんな技術を身につけやがったんだ」

「ちょっと、食べてみましょうよ。味がどうだかわからないでしょ」平常心をなくしたかに見える夫を宥めるように佳奈は言った。

道具台の上の包丁を取って腕の付け根に近い側を切った佳奈はそれを半分に切り、夫と共に試食した。眼を丸くしている菊枝も、佳奈の分を分けてもらって食べた。

「まあ。おいしい」と菊枝が言った。

佳奈は眼を見開いた。「どうしてよ。これって島さんの焼いたパンよりおいしいじゃないの」

雅彦も唸った。皮の堅さといい中の柔らかさといい、文句なしの食感だったのである。あいつきっと、一流のパン焼き職人のところで修業してきたんだ、間違いはない、それを言わなかったのは島に悪いと思ったからだろう。雅彦はそう思った。

このことは誰にも言わぬようにと菊枝に言い含めてその日は帰らせ、夫婦は住まいに戻っていつもより早く朝食をとった。

「いやあ神わざ、神わざ」七時過ぎ、出勤してきたばかりの島が、腕のバゲットを一本抱えてオーナー夫妻の住まいへ駆けあがってきた。ほとんど怒気のような声音で彼は思いを吐いた。「たいしたもんだ。あいつ生意気にゆうべ晩飯食ってる時、焼き加減がどうのなんて文句つけてやがったんだけど、なんと自分で焼きゃあがった。いいやあたしゃ何にも教えてねえんだよ。もう見たでしょ。それがまあご覧の通りだ。しかもだよ、焼いてどれくらい経つかわからないんだが、今焼きあげたばかりみたいな色してやがる。でもって、不思議にまだ温かいんだよ。食べてみたんだがね。食べたんでしょ。食べたんでしょ。ちょっと食べてあったよね。いやあ参ったねどうも。わしより上手に焼いてやがってさ、わしのより旨いときてやがる。とにかくあれ、店の方へ運んどくわ。わしの分はこれから焼くわ。いやもう、参ったね」島はいやはや、いやはやとかぶりを振りながらまた工房へ降りてゆく。

夫婦は顔を見あわせ、しばらくは互いが何を思っているか知ろうとするかのように顔を見つめあっていたが、すぐに今の状況を思い出して食卓から立ちあがった。そして午前八時、夫婦は店の掃除を済ませる。島が運んできた片腕のバゲットを佳奈が指さきを折らぬよう注意深くガラスケースの中に並べて入れる。雅彦は食事にくる客のための段取りを胸のうちで反芻しながら調理の準備をする。開店前にテレビ局の取材があるのでいつもより早く終えておかなければならない。バゲットを焼いた本人にインタヴューしたいという申し入れではあったが、栗本は疲れきって今ごろは住まいに戻り、ぐっすり眠っていることだろう、代りにおれたちが応対しなきゃなるまいなどと雅彦は思う。十時には早くも店の前に行列ができはじめた。出勤してきた藤田すま子がガラスケースの中を見てすごいすごいと大声を出す。やってきたテレビのクルーには雅彦と佳奈に加え、自分がすべて焼いたかのような口調で島も応対する。

「テレビが来てるわよ」入口のガラス戸越しに向いのアート・ベーカリーを見て、滝本美加子が刺とげしく言った。「今日もまた行列ができてるわ。昨日ケーキ買いにきた平尾さんの奥さんが一個買ってきてたから見せてもらったんだけど、なんであんなグロテスクなもんが売れるのかしらね」

美加子は滝本パン店の主婦で店主の俊朗と同じ三十二歳の若さだった。知性的な顔立ちではなかったが魅力的であり、肥りはじめていた。店内に客はいなかった。ショーケースの中にあって常時売られているものは各種のパン、生菓子、赤飯などで、棚にはペットボトルのいろいろな飲み物が並べられている。赤飯以外はいずれも高級住宅地の連中がわざわざ買いにくるほどのものではなかった。美加子の声は奥にいる俊朗にまでよく響いた。

奥の間への上り框に腰かけて新聞を読んでいた俊朗は癇走った表情を妻に向け掠れた声で言った。「新聞に載ったからだ。すぐに誰も買わなくなるさ」

「でも、テレビが来てるのよ」美加子は詰《なじ》るように俊朗を睨んだ。「テレビで報道されたらもっとたくさん来るんじゃないの」

「まあ、あっちはそういう店だ」俊朗は新聞を畳んで奥の畳の間に投げ捨てた。「うちとは違う」

「うちは地道にやってるんですものね」皮肉っぽく言ってから、美加子は夫に近づいてきた。

「あのさあ、あの片腕さあ」

俊朗は少しどきっとした様子で妻を見つめた。「片腕って、あのパンのことか」

「うん。あれってさあ、少し前に新聞に出てたでしょ。バラバラ事件のあの片腕」美加子は少し声をひそめた。「あれがヒントになったんじゃないの」

「おれと同じこと、考えたな」俊朗はにやりとして妻に頷いた。「あるいは、もしかしてだな、もしかしてだぞ、あのバラバラ事件の片腕と、あの片腕のパンと、何か関係があるのかもしれんな」眼を細めていた。

妻も眼を細めて夫に顔を近づけた。「どういうことよ」

夫は投げやりに言った。「そんなこと、おれにはわからんよ」そしてまた妻の顔を見つめ返した。「でもなあ、女の片腕が近くの河川敷で発見されてまだ十何日くらいだろう。同じ日にそこの公園じゃ女の片足も見つかってる。そんな時にわざわざ女の片腕のパン作って売ったりするか普通」

「そうよねえ」少し見直したという眼で美加子は夫に頷いた。

俊朗は少し興奮して立ちあがった。彼は痩せていて背は美加子とさほど変らない。「警察はこれをどう思っているのかね。関連づけて考えるってことはしないんだろうか」

「そっかあ」美加子は探偵ごっこのように眼を幼く煌《きら》めかせ、ちょっと惚れぼれしたという表情で夫に言う。「それでもって、警察はまだこのことに気づいていない、と」

「ひひ」卑しく笑ったことに自分で気づき、俊朗は真顔に戻る。「知らないんだったら、教えてやった方がいいんじゃないか。何もチクるってわけじゃない。こんなことがあるんですよと言って教えてやるだけだ」

「でも、うちの名前出したらやっぱり、やっかみだと思われるわ」少し息をはずませて美加子は言う。「匿名で、普通のはがきで、ああそうだ、パソコンで打ち込んで投書したらいいわ。そしたら誰が出したかわからないんじゃない」

「そうだな」俊朗は眼を据わらせて宙を睨んだ。「うん。そうだ。そうしよう。それがいい」

「それにさあ」美加子は急に思いついた興奮でまた息を弾ませる。「今朝さあ、女の人の悲鳴が聞こえたでしょう。あれって、お向かいの店からじゃなかったの」

「あれは悲鳴というか、遠吠えっていうか、なんか不気味だったよなあ」俊朗は妻の眼の奥のうっすらとした恐怖を覗き込むようにして言う。「おれ、あれで一度起されたんだ」

「やっぱり何かあるのよあの店。絶対に」

夫婦はしばらく黙った。

「警察、来るかなあ」まだ投書してもいないのに、やがて美加子が怯えた顔で言う。

そんな妻の顔を自分も不安げに、まるで彼女の恐怖の正体を見極めようとするかのように、その瞳をさらにじっと見つめながら俊朗は言った。「さあな。来たかどうかはここから見ていて、わかるだろう」

夕方からは小雨が降りはじめた。アート・ベーカリーでは片腕のパンを買いにくる客と予約がひっきりなしだったが、紺野夫妻はもう栗本健人を呼ばなかった。明日の定時、午前七時に来てくれればいいと電話して、夫婦はぐったりと疲労し、その夜は早いめに就寝した。だが、ふたりともなかなか寝つけなかった。シングルベッドがふたつ並んだ寝室に雨の音は聞こえてこない。

気怠い声で佳奈は夫に言う。「栗本君、あの片腕を作りはじめてから、なんだか聖人になったみたいね。イエス・キリストみたいな顔つきだから、ますますそう見えてしまうのよ。眼がふらふらと宙をさまよっていて、心ここにあらずというように思えるんだけど、ちゃんとすることはするし、人の言うことは聞いているし、よくわからないわ」

「あの子にはしばらく来てもらわなきゃならんなあ」雅彦は悩みを吐き出すように呻きながら言った。「あのバゲット、まだ売れそうだしな。でも倉見君と堀君が戻ってきたら、どうするかなあ。彼らが紹介してくれたわけだから、栗本君があんなもの作りはじめたことにも責任を持ってもらわなきゃならん。つまり彼らの責任なのだからという理由で彼らの復帰を断ることになるが、栗本君はどう思っているんだろうなあ。喧嘩みたいになっても困るし、まあそうなってもこっちの責任ではないわけだし」

「責任、なんてこと言い出したら、結野先生の責任がいちばん重大じゃないの。あの先生があんなこと書かなければ、こんな騒ぎにはならなかったのよ。先生は今日もいらしたけど、にこにこ笑っていて責任なんてこれっぽっちも感じてないみたいよ。たくさん売れてよかったよかったなんて言ってたから」佳奈は自分がけしかけたことを忘れたように、まるで繁盛していることが迷惑だとでもいう口調でそう言った。「まだしばらくは売れそうだわ。昨日買った人が今日もまた来て、あの指さきの部分のパリパリ感がたまらないなんて言ってたから。癖になる人もいるんじゃないの」

「困るなあ」

背中を向けて寝ている夫が思わず嘆息したので、佳奈は眼を光らせた。「どうしてよ。何が困るのそんなに」

「警察が来なければいいが」雅彦は寝返りをうって妻に顔を向けた。「知ってるだろう。河川敷で発見されたあの片腕のこと。バラバラ事件だとして新聞に出てたじゃないか。女の片足もだ。あれは公園で発見された。あんなのと関係づけられて捜査の対象になったりしたらえらい迷惑だ」

「それは知ってたけど、こっちはパンよ。パンなのよ。関係があるなんて考えもしなかったわ。そんなこと関係づけて考える人っているかしら」今までの夫の心配はそれだったのかと理解して猜疑心を解いた佳奈が、安心させるように微笑を浮かべた。

「さあな。いるかもしれんよ」雅彦は真顔で妻をしばらくじっと見つめていたが、やがてまた背を向けた。「もういい。寝よう、寝よう」

その夜降り続けた雨は、朝方になってやっとやんだ。次の日も、その次の日も、片腕のバゲットは売れ続けた。テレビで放送されたため、都心部や近県から買いに来る客も増えた。栗本健人は毎朝七時に出勤して片腕のバゲットを作り続けた。動物のパンも作らなければならないので、昼過ぎまで工房で働き続けなければならなかった。

その日、旅行から帰ってきたばかりといった様子の倉見直之と堀宏美が、それぞれキャリーバッグを引きずってアート・ベーカリーにやってきた。当然何も知らない二人は、栗本健人の仕事ぶりを心配して住まいに戻る前に立ち寄ったのだった。午後三時だったから栗本はすでに帰ったあとだった。空いているテーブルで紺野雅彦からいきさつを聞き、ガラスケースの中の片腕のバゲットを見て二人は驚愕した。

「あいつが教室で作っているやつと同じだ」

「あれよりも出来がいいわ。焼き色がついてるから粘土よりリアルだし」

「そういう訳なんで」雅彦が申し訳なさそうに言う。「まだしばらくは栗本君に来てもらわなきゃならんのだ。君たちを加えて三人で働いてもらうほど経済的に潤沢ではないからね」

倉見直之と堀宏美は同棲していた。態度が柔らかでなげやりなところもある直之と几帳面で気が強い宏美は互いを補い合うようにしてつきあいはじめ、そして同棲に到ったのである。アート・ベーカリーから帰ってきた二人はその夜やや狭いダブルベッドに並んで寝ながら語り合う。西欧各地を巡ってきて、旅行中には感じなかった疲労がからだの底からにじみ出てくるようだったが、二人とも栗本のことで興奮していた。

「どうするのよ。もうお金ないわ。旅行で全部使い果たして。だって、帰ったらまたアート・ベーカリーで働けるって思ってたんだもの。栗本君に代ってもらうってこともできないでしょ。あんな腕、わたしたちには作れないしね。パン焼きの技術もいるんだなんて紺野さん言ってたし」宏美は口惜しげに天井を睨みつけて言う。

眠ろうとしていて眠れないのか、眠ると考えがまとまらないので眠りたくないのかよくわからぬままに、直之は宏美に背を向けている。「あいつ裏切りやがったのかなあ。明日キャンパスで見つけたら、文句言ってやるつもりだけど、自分のせいじゃないって言うだろうしなあ」

そう言った途端、直之は眠りに陥った。唐突に直之が寝てしまったので、その鼾を聞きながら宏美は眼をくるくるさせ、天井を眺めまわす。

次の日の夜はその日一日中授業に出たりキャンパスを歩きまわったりした疲れでまたしても二人は早いうちからベッドに入り、話しあう。直之は栗本に逢えたものの彼が話を拒むふうであり、ろくに話せなかったと言い、宏美は栗本に逢えなかったと言ってから、急に思い出して興奮気味に言う。

「そうそう。舞台芸術学科の實石夏生君って知ってるかしら。今日あの子に会ったのよ。ほら、演劇部で舞台装置作ってる子よ。あの子以前、川原で女性の片腕が見つかった時の第一発見者なのよね。鈴木泉三郎の『生きてゐる小平次』ってお芝居の第一幕のセットに使おうと思ってひとりで川原へ葦を刈りに行ったんだって。それで片腕が落ちているの見つけたんだって。その子がさあ、アート・ベーカリーで片腕のパン売ってることを聞いて行ってみたんだって。高価《たか》いから買わなかったらしいけど、売ってるパン見たら、川原に落ちてた女の片腕とそっくり同じだったんだって」

うーん、と唸って直之は宏美に顔を向け、だるそうに言う。「あの事件のことは新聞で見たからおれだって知ってるけど、女の片腕だろ。女の片腕なんて、誰のだってたいして変らないだろ」

「あのねえ、いやしくも美大の学生よ。同じかそうでないか、少なくともデッサンや何かやってたら絶対にわかる筈でしょ。そりゃ、焼いてあるんだから色とか艶とかは違うだろうけど形や大きさは同じかどうかわかるわけでしょ。實石君、肘や指の曲げ具合やなんかを見て、全体的に手の表情が同じだったなんて言ってたわ」

「そりゃ凄いな。凄いじゃないか」突然何やら考えついた顔になり、直之はベッドの上に上半身を起した。「あいつ、栗本、おれと話すのをいやがってた」真正面の壁をぼんやりと睨んで直之は言う。

「聞かせてよ。それ聞かせてよ。栗本君、どんな様子だったの」仰向きのまま宏美が足をじたばたさせる。

「ぼんやりしていたなあ。おれが遠まわしにいや味言っても、あいつ謝るでもなく、自分のせいじゃないって弁解するでもなく、真面目な顔しておれの前に呆然として立ってるだけなんだよ。あいつ何だかイエス・キリストに似てるだろう。なんとなく神神しい感じになってさ。それに眼が泳いでるんだ。黒目が眼球の上半分をふらふらさまよってて、心が架空の世界を彷徨してるようなんだ。あいつ不思議なやつだよ。パン焼きのプロには勝てないからしかたがないなって皮肉っても、パンの焼き方どこで習ったんだって聞いても、別に、って言うだけなんだ。これからも毎日アート・ベーカリーへ行くのかって確認したんだけど、別段申し訳なさそうでもなく、そうだなあ、とりあえず明日は行く、なんて言うから、やめてくれとも言えないしね。別れたんだけど」

口惜しげにまた宏美は足をばたつかせた。「ああっ。なんでよう。なんでそんな皮肉しか言えなかったの。わたしだったらもっときついこと言ってやったのに」寝返りをうち、彼女は下から直之を見あげる。「ねえ。川原で見つかった女の片腕とそっくりのパンが売られていますけどって、警察に投書したらどう。もし捜査に何の進展もないんだったら、警察としてはほっとけないと思うわ」

「だからさっき、一瞬それを考えたんだ。だけどそれって、よく考えたら、おれたちが仕事を取り返すための策略になるんじゃないのかな」直之は笑いながらそう言って、また布団にもぐり込む。「栗本が警察から事情聴取受けたりしたら可哀想じゃないか」

「そうよ。取り調べ受けて、それで懲りて、あんなパン作らなくなるわ」宏美ももぐり込んだ布団の中で直之を強い眼で睨む。「そうなってもかまわないじゃない。あそこで働かせてもらわないと、わたしたち、もうお金ないのよ」

直之は憂鬱そうに言う。「投書かあ。差出人としておれたちが特定されそうだなあ」

「適当なアドレスを作って、漫画喫茶とかから警察のホームページへメールしたらいいじゃないの。特定されないわ」

もう一度よく考えようと言って、二人は眠りについた。さまざまな夢を見る中、二人はそこに自分たちのしようとしている行為をあからさまに正当化する断片が鏤《ちりば》められていたような気がした。

二人が警察にメールを送ったあと、直之は宏美に言った。「わしらもワルよのう」

宏美は直之を睨みつけた。

二人がメールする必要もなく、同じ日に栗本健人はアート・ベーカリーを辞めた。彼は倉見直之と堀宏美が旅行から帰ってきているので今日で辞めさせていただきますという簡単な置き手紙を工房の作業台の上に残していた。島に宛てて、お世話になりましたという言葉も書き添えてあった。ずいぶん早くから来てパンを作り、焼いて帰ったらしく、一階のカウンターの上には彼に預けてあった予備の鍵も置かれていた。午前十時、出来あがったパンと置き手紙を持ち、今回は憮然とした表情で島勝己が一階へあがってきた時、トレイの上に置かれていたものをひと眼見て紺野雅彦は一瞬息をのんでから口を大きく開き、遠吠えのような声で何かわけのわからないことを叫んだ。その時自分が何を叫んだのかはあとになっても雅彦は思い出せなかった。トレイの上にはバゲットとして作られ、焼かれた六十センチばかりの女の片足が載っていたのだった。

4

「警部。こんなメールと投書が来ています」

同じ課の工藤刑事が上代真一警部のデスクにやってきて、二枚のはがきと、メールがプリントアウトされた三枚のコピー用紙を見せた。

警部は先ごろあの河川敷で発見された女の右腕と、現在アート・ベーカリーで売られている女の片腕を象《かたど》ったバゲットというフランスパンとの類似について書かれている二枚のはがきと、似たような内容の、プリントアウトされた三種類のメールを注意深く読んだ。一枚のコピー用紙には、売られている片腕の形をしたパンの写真があった。

「こんなパンをこの店で売っていること、君は知っていたか」

上代の質問に、工藤は黙ってかぶりを振った。そんなことを確認するためにわざわざ出かけるほど自分は暇ではないのだと言いたげだった。三十二歳になるこの刑事は常に仏頂面をしていて、同僚たちへの対応と容疑者への取調べとを混同しているかに見えることもあった。

「おれが行ってくる」

上代がそう言うと工藤は、物好きな、という驚いた表情を一瞬見せ、少し丁寧に一礼して去った。

行く前に、鑑識の堤に会いたかったので、なぜ会いたいのかよくわからぬままに上代真一警部はデスクを離れた。鑑識課に堤はいなかった。煙草を喫いに行ったと言われ、真一は署内の喫煙ルームに行ったがそこにもいなかった。署の建物を出ると、そこには屋外喫煙所があり、堤はそこにいた。そこならベンチがあり、座って喫煙できるのだ。他には誰もいなかった。真一は堤の横に黙って座り、五件の投書、はがきとメールのコピーを見せた。

「一本やれ」堤はキャメルを真一に勧め、久しぶりに煙草を咥えた真一に堤は火をつけてやった。それほどの年齢差はないにかかわらず二人は仲のいい親子のように見えた。

キャメルは旨かった。

丹念に渡されたものを読んでいた堤が煙を吐き出しながら考え込み、やがて顔をあげ、真一に言った。「前にも言ったが、尋常な事件じゃないぞ。あの日までに行方不明になった女性で、この腕やあの片足に該当する被害者はいなかったんだろう」

「ありません。それ以前の、一年間にわたる行方不明者の中にも、そういう若い女はいませんでした」

「このパンは、あの片腕だ」興奮を抑えてか故意に静かに堤は言った。「こういう不可解なことがあると、なぜかわしは逆に安心してしまうんだなあ。まだまだわけのわからないことはいっぱいあると思ってね。どうも最近の人間は自分の現在のことと未来のことをこまかく計算したり分析したりして決めてしまう悪い癖があるんだ。自分のことでなくてもだ。うん。故意に悪い癖と言ってもいいような気がするなあ。わしは科学の方法で鑑識をやってるくせに、すべて科学で解決しようとすることが不思議を不思議と思いたくない最近の人間の悪い癖だとも思っている。で、このパンを作ったのは美大生のようだとこのメールには書かれているが、河川敷のあの片腕も第一発見者は美大生だっただろう」

「ええ。するとこれは美学的な問題を提示している事件なんでしょうか」上代真一は縋《すが》るような眼を堤に向けた。

「わからんなあ。だけど、こんなパンが作られた以上は、片足のパンもいずれ作られそうな気がするよ。お前さんはこの、アート・ベーカリーへ行くつもりだな」

「はい。今から」上代は以前堤が、くれぐれも気をつけて、と言っていたことを思い出していた。もしかするとまた何か彼の助言を求めて彼に会いにきたのかもしれないと思ったが、黙っていた。

真一の考えを知っているかのように堤は言う。「お前さんに言ってやれることは何もないなあ」彼はなぜか、非常に悲しげだった。「何もない」

上代警部がやってきたのはアート・ベーカリーが開店してすぐ、午前十一時を少し過ぎた時刻だった。ガラスドアを押し開けて入ると正面左側にカウンターがあり、そこでも飲食できるようになっていたが今はまだ誰もいず、右手の窓際にはテーブルが三つ並んでいたが、やはり誰もいなかった。パンを買いに来た客が店の奥、ガラスケースのあるあたりで店主夫婦と思える中年の男女と親しげに会話していた。はがきに書かれていた紺野雅彦と、妻の佳奈であろう、と真一は思った。客は近所の主婦と思われた。真一がカウンターの端に立っていると奥からウエイトレスと思える若い女店員がやってきて、もの問いたげに首を傾げた。あきらかにパンを買いにきた客ではないと思ったようだった。清潔そうな白い仕事着の首の周囲にはその下に彼女が着ている赤いセーターが見えた。

「警察の者ですが」真一は声を押し殺して言った。「ちょっとご主人に伺いたいことがあるんですが」

物怖じしない眼で彼女は真一を見た。高価そうなスーツ姿の彼の美貌とその職業との乖離にややとまどっているようだった。「はいあの、お待ちください」

紺野雅彦がやってきた。彼は緊張していたが、それを悟られまいとして懸命だった。頬が引き攣っていて、足が顫動《せんどう》していた。「こちらへどうぞ」

ふたりはガラスドアからいちばん近いテーブルで向きあった。客と話し続けている佳奈は気になる様子で時おり強い視線を上代に向けた。雅彦は女店員に水を持ってくるよう言いつけた。上代真一は店に入ってきてからずっと微笑を絶やさずにいたが、疲れるので真顔に戻った。真一自身も雅彦に負けず劣らず緊張していたのだ。

雅彦は自分が落ちつこうとして藤田すま子に水を持ってこさせたのだが、これは真一にとっても実は有難かった。「戴きます」と言うなり彼はコップに半分ほどの水を飲み、ひと息ついた。それまでに真一は、捜査の際には滅多にしないことだが、自分の名刺を渡した上で、相手を確認していた。雅彦も急いで自分の名刺を渡していた。不思議なことに真一も雅彦も、ほぼ同様に、これはすべてごく日常の、一般人同士の挨拶なのだと思い込むことにしたのだった。

「この片腕のバゲットを作った美大生のことですが」投書されてきたメールの、片腕の写真がある一枚だけを見せて、真一は訊ねた。「会えますか」

「栗本君は今日、辞めました。彼はそれ以前からうちでパンを作っていた同じ美大の学生に紹介されてここへやってきたんですが」雅彦はそう答えながら、自分が追及されるわけではないと思い、少しほっとしていた。だからこそこの警部は丁寧に、役職名の入った名刺をくれたのだろう。考えてみれば、自分には追及されるべきことが何もないということにも彼は思いを馳せていた。ならばこの不安はいったい何だろう。自分は警察に追及されるような悪いことを何もしていない。それは確かである。ならばなぜ女の片腕、近くの河川敷で見つかったものとあの学生の作ったバゲットを重ねあわせ、恐怖に顫《ふる》えるのか。あの片腕のバゲットに対していつもいつも、なぜあんなにも過大に反応してしまうのか。もしかしてこれから先に、つまりは自分の未来に起る何ごとかを先取りして恐怖しているのではないか。そんな非現実的なことまで考えてしまうほどの不可解な感情だった。

それならばいっそのこと、と雅彦は思い、栗本がもうここにはいないと知って少し気落ちしているこの警部に、あの片足のバゲットのことまでをも打ち明けてしまおうと考えたのだった。

「見ていただきたいものがあります」と雅彦は上代警部に言う。「こちらへおいでください」

店はパンを買いに来る客何人かと食事に来た客ひと組で少しざわめきはじめていた。ガラスケースの中におさめられた片腕のバゲットの実物をじろりと横目で見ながら、警部は雅彦に案内されて中地階への階段を降りる。

「あのバゲットは、よく売れておるんですかな」

「買いに来る客も、予約の電話も、昨日あたりからずいぶん少なくなりました」雅彦は警部に応える。「やはり一時的なものだったようです」

工房に入り、中央の作業台の上に載せた片足のバゲットを雅彦は警部に見せた。「これです。栗本君はこれを作ったのを最後に、辞めたんです」とてもガラスケースに入れて店に出す気にはなれず、雅彦はこれをすぐさま工房へ戻しておいたのだ。

真一は絶句した。足の形態といい、膝を折り曲げた姿かたちといい、公園に落ちていたあの片足とまったく同じだった。それは堤に指摘されるまでもなく、メールで送られてきた片腕の写真を見たことによる真一の判断なのだった。そのことを雅彦には言わず、ただ黙って真一は雅彦に向きあった。第三者の眼からは甚だ魅力的に見える二人の中年男は今、同じ超常現象に巻き込まれた共感を共にして向きあっていた。

「栗本健人の連絡先を教えて戴けますか」ややあって真一は言った。

「はい。それじゃまた、店の方へ」

一階に戻り、さっきのテーブルについた真一に、雅彦は栗本のケータイ番号を教えた。真一はただちに電話してみた。栗本は出なかった。誰も出ないだろう、という予感が雅彦にはあった。なぜか真一も同様だった。出ませんね、出ませんな、と言いながらふたりが顔を見あわせている時、ガラスドアを押し開けて美大洋画科教授の結野楯夫が店に入ってきた。

教授はその朝、まったくいつものようではなかった。雅彦や佳奈やすま子にいつもの陽気な挨拶もせず、笑顔さえなかった。読むための新聞も、今朝は持っていない。さいわい空いていたいつもの席へ、いつになく重おもしい足取りで彼は歩いた。彼の眼は宙空を見あげるように上を向き、黒眼がふらふらと泳いでいた。初めて彼を見る人間にとってさえ教授のその様子は異様に見えた。

結野教授のそんな様子を怪訝そうに眼で追っている雅彦に、上代警部は少し顔を近づけ声をひそめて訊ねる。「あれは、どなたですか」

「ああ。あの人ですよ。片腕のバゲットのことを新聞のコラムに書いてくださって、それで評判になったんです。美大の教授で、結野先生とおっしゃいますが、ご紹介しましょうか」そう言ってから店主は少し残念そうに顔を曇らせた。「ただし今日は少し、お加減がよろしくないようで。いつもとはずいぶんご様子が違います。どうなさいますか」

「初めて見るわたしにも、あの人はあきらかにどこかがおかしいとわかりますから」真一はそう言って、雅彦に頷きかけた。「お邪魔でしょうが、何だか気になるので、しばらくここであのかたの様子を窺っていていいでしょうか。今回のことと何か関連があるのかもしれませんし。まあ、なんでもないとは思うんですが。ああ。それからこれは客としてのお願いですが、珈琲を一杯いただけるといろんな意味でずいぶん助かるんですがね」

「かしこまりました。おっしゃることはよくわかりますので」

「先生。どこか悪いんですか」教授のテーブルの横に立ち、藤田すま子が無遠慮にそう問いかけている。「だって、ほんとに笑わないのね今日は」

「別段どうということはないが」あいかわらずむっつりした顔で教授は言う。「いつもの通りで頼む」だがその眼はあきらかに宙に向けられ、泳いでいるのだ。

「はーいわかりましたあ」無邪気にそう答えて藤田すま子は佳奈に叫ぶ。「先生はいつものバゲットとベーコンエッグです。それから珈琲です」

「だいぶ客が立て込んできましたので、失礼します」さっきからちらちらと自分の方へ咎めるような視線を送ってくる佳奈を気にして雅彦が立ちあがる。まだ、この警部に言いたいことが残っているようなのだが、それが何だかまだ思い出せない。頭に霞がかかっているようで、脳細胞の回転が悪いようで、わからない。

「お邪魔しましたねえ」警部は心から申し訳なさそうだ。

だが、警部が運ばれてきた珈琲を飲み干したのを見、教授のためのベーコンエッグを作り終えた時、何を言うべきだったかを思い出した雅彦は、こんな大事なことなのにと自分を叱りながらすぐに真一の前に戻って来た。彼は興奮気味に言う。「警部さん。実は今の教授のあの眼なんですがね。ほら。ふらふらと左右に泳いでいるあのおかしな視線のことですよ。あれと同じ眼を栗本君もしていたんです。あの片腕のバゲットを作りはじめた頃からだったと思いますが」

「そうですか」不思議議現象に馴れはじめている上代警部は、そう聞かされても今更さほどの驚きはないという表情で、すぐに手帳を出しながら言った。「わたしも大事なことを伺わなきゃなりません。これから美大へ行って栗本というその学生のことを調べるつもりですが、彼をこのお店に紹介したという、その美大の学生のケータイ番号も教えてもらえますか」

　結野教授を観察するよりも大事なことがあることを思いついた上代警部はこのあとすぐに美大へ行き、誰に聞いてもどこにいるかわからないという栗本健人にはついに逢えなかったものの、倉見直之と堀宏美には逢うことができ、あのメールの一通を警察に投書したのはこの二人に違いないとほとんど特定することになる。

公園

1

藤田すま子が運んできたものを普段通りに食べ終った結野教授は、常になく重そうな腰をあげてカウンターに向かい、眼はあいかわらず宙空に向いているものの札入れを内ポケットから取り出し、中からいつも通りの金額を出す手つきは滑らかなのだった。カウンターを挟んで前に立ち、いつもの笑顔のないそんな教授の様子をもの問いたげに紺野佳奈は見つめていたのだが、教授が自分の視線にまったく無反応であると思い知らされてしかたなく、金を受け取りながらぶっきらぼうに言う。「毎度ありがとうございます、先生」

佳奈を見もせず、ガラスドアに向いながら教授は言った。「ああ。またな」

アート・ベーカリーを出た教授は駅前の大通りへ出ると普段とはまったく逆の方向へ歩きはじめた。六十七歳の結野教授はいつもなら実年齢よりもずいぶん若く見えたが、今日だけはその定まらない視線ゆえに、すれ違う通行人の眼には彷徨する認知症の老人のようにも見え、その態度と、きちんとした身なりとの食い違いのためずいぶん異様に見えた。通行人たちは彼を避けて歩くようだった。大通りをさらなる大通りへと右折し、その通りを公園の側に渡る横断歩道の信号も教授は見誤ることなく、ゆったりとした足取りではあったが渡りきり、公園に入った。それは女性の片足が捨てられていた公園だったが、今はそんなことを気にする者はいず、子供数人がジャングルジムで遊び、ブランコの前では買物帰りの主婦と見える三人の女が立ち話をしている。

高さ六十センチほど、赤煉瓦で周囲に低い囲いをした公園の正面から入ると中は広く、中央の広場には芝生があり、西側に遊具があり、東側にはベンチがふたつ並んでいる。広場の周辺は桜の木に囲まれていて、奥の公衆便所のうしろには疎らな林があり、あの女の片足があったのはこの雑木林の中だ。林の中の小径を進むと公園の裏通りに出ることができるので公園内を通り道にしている市民もいる。結野教授はまっすぐベンチに進むと、石で作られたその手前の方のベンチの中央にゆっくりと腰をおろした。隣のベンチとは少し間隔がある。隣のベンチには誰も掛けていない。晴天ではあったが風は吹いていた。しかし砂埃が立つほどの風ではなく、木木の枝も揺れず、教授の前髪をわずかに数本揺らせる程度だ。結野教授は腰をおろしたままの姿勢で、そのままいつまでもじっとして動かなかった。彼の眼球はあいかわらず宙をさまよっていて、顔をやや上に向けている。何もしていないので、その姿はまるで誰かを待っているかのように見えた。

三人の主婦は会話に夢中だった。三人とも白いビニールの買物袋を持っていたが、中に入っている筈の食品の鮮度が落ちることなど気にかけてはいないようだった。時に笑い、時に手を振り、時に身をくねらせた。五、六歳の男の子が退屈そうに母親と思えるひとりの主婦の手をつかんであたりを見まわしていた。やがて彼は振り切るように母親の手を離して公園の中央、芝生の囲いの周囲を駈けはじめた。彼は囲いのまわりをぐるぐるまわった。そして少年はベンチにいる結野教授に眼をとめ、その異様さに気づいたようだった。彼は教授のいるベンチまでをゆっくりと進んだ。教授から少し離れた場所で彼はいったん立ち止り、さらに一歩、二歩と慎重に前進して教授から二メートルほどにまで近づき、佇立したまま、さも不思議そうに教授の顔を見つめた。

「小川帝人《ていと》君」と、教授は言った。

男の子は吃驚《びっくり》してからだを硬くした。眼を見開いたままで教授を見つめ続けた。

教授は無表情のまま、さらにこの男の子、小川帝人少年に話し続ける。「君は今、わしが君の名前を言ったので吃驚しておるが、その前に君が何を考えていたか、当ててみようか」

この人はぼくのことを知っているんだ、きっと近所のおじいさんなんだ、そう思って納得した帝人は、少年らしい好奇心をあからさまにして眼を輝かせ、「うん」と言って大きく頷いた。

教授はおだやかな、いつもと違ったやや低く深い声で話し続ける。「君はわしの眼がこんなにふらふらしているのは何故だろうと思っただろう。そして今もそう思っている。わしのこの眼が不思議なんだろう」

「うん」少し怯えたような声で帝人は言う。人の顔をじろじろ見てはいけないと以前母から注意されたことを思い出し、この老人が怒っているのではないかと心配になったのである。

「いやいや。心配するな。わしは怒っていないし、お母さんも怒らんよ」教授はあくまで視線を上に向けたままで手をあげ、正確に少年の母親を指した。「君のお母さんはあそこにいる、青い服の上から白いカーディガンを着た人だろ。どうだい。わしには何でもわかるんだよ」

驚嘆したように眼を丸くした帝人少年に、教授は言った。「さあ。お母さんのところに戻りなさい。そして変なおじいさんがいるとお母さんに言いなさい。お母さんは不思議に思って、あとの二人と一緒にここへ来る筈だよ」

その通りの経過で、三人の主婦は教授のところへやってきた。少年は母親たちのもとへ戻って、ぼくのことを知っている不思議な顔をしたおじいさんがあそこにいて、お母さんも、おばさんたちのこともよく知ってるよ、何でも知っているおじいさんだよ、お母さんたちがおじいさんのところへ来るだろうなんて言ってたよと告げたのである。そのあと少年は教授に興味を失い、ジャングルジムで年上の子供たちに混って遊びはじめたのだったが、三人の女はいったい何者かという興味を抱いて遠くから教授の様子を見、徘徊老人じゃないのなどと言いながらベンチの前へやってきた。

「あら。この人、美大の先生よ」と、いちばん年嵩のひとりが言った。「アート・ベーカリーでよく見かける先生だわ」

教授は彼女に頷きかける。「やあ。伊藤治子さん。いつまでもお若いですな」

伊藤治子は彼が自分の名を知っていたので驚き、自分が年齢の割には若わかしく見えることを、つまりは若造りを皮肉られたのではないかと勘繰り、頬を赤らめた。「先生ったら、そんなお世辞を」

「わしは、お世辞は言わんのだよ」教授はあくまで真面目に言う。「伊藤治子さん。それにしてもあんたは不用心な人だ。あんたの家は一戸建ちで、空き巣に入られたのは僅か三週間と四日前だ。それなのに今日もまた勝手口の鍵をかけ忘れて出てきている。また空き巣に入られますぞ」

そうだわ、鍵かけるの忘れたわ、大変、とのけぞった伊藤治子に教授はおっかぶせて言う。「まあまあまあ。慌てることはない。今日は空き巣は入らない。明日から気をつけることですな。それからあんたは帝人君のお母さんで小川良美さん」

少年の母親は驚く。「なんで知ってるの。お目にかかったこともないのに。わたしアート・ベーカリーへは行かないし」

「わしは何でも知ってるんだよ。あんたはなあ、買物が下手だよ。今買ってきたヨーグルトだが、賞味期限は今日まで。明日になると美味しくは食べられないよ」

「やだ。本当」ポリ袋の中からヨーグルトを取り出した小川良美が眉間に皺を寄せる。だが、そんなものを棚に出しているコンビニエンス・ストアへの腹立ちよりも、教授に対する好奇心が勝っていた。「先生は、なんでもわかるんですね」

「なんでもわかるんだよ」真面目にそう答えたあと、教授はもとの姿勢を崩しもせず、ふたたび沈黙した。誰かを待っている、というよりは、人待ち顔のままで、三人のうちの誰かから質問されるのを待っている、という風情だった。

三人の主婦は感嘆の面持ちでしばらく教授を眺め続けていたが、やがていちばん歳が若く見える主婦が不思議そうに訊ねる。「あの先生。眼をどうかされたんですか」

眼の動きはそのままに顔だけをその主婦に向け、教授は言う。「やあ。池崎利江さん。あんたは妊娠中だ。もっとたくさん食べなきゃいかんよ」

あっ、と、声なく驚いて、池崎利江は反射的に叫ぶ。「なんでそんなことまで。まだあまり人に言ってないのに」

「だから言っただろう。わしは何でも知ってるんだよ」

「まるで神様みたいね」驚き半分、揶揄半分の口調で、自分のことを言い当てられた腹立ちも含め小川良美が殊更の笑顔で言う。

「正確には、神様ではない」ゆっくりと、教授はかぶりを振った。「まあ、それに近い存在ではあるがね」

「じゃ、あなたは美大の先生じゃないんですか」今やどんな反応が返ってくるかわからないための躊躇《ためら》いで、おずおずと池崎利江が訊ねる。

教授はゆっくりと言う。「これは結野君と言ってね、今伊藤治子君が言ったように、美大の教授なんだが、わしは今彼のからだを借りておるんだ。ほら、今あんたが訊ねたこのふらふらしておる眼だがね、これはわしの遍在に驚いてこの結野君のからだが反応しておるだけだ」

「ヘンザイって」池崎利江が普段聞くことのない言葉の意味を訊ねる。

「遍《あまね》く在《あ》る、という意味だよ。つまりこの世界のどこにでもいて、この世界の何でも知っているってことだ」

「そんなあ」と言いながら、三人の主婦は笑って顔を見あわせた。「じゃあ、やっぱり神様じゃないの」「あり得ないわよねえ」「わたしたちを吃驚させようとしてらっしゃるのよ」「でも凄いわ」「たしかに超能力者だわよねえ」「テレビに出たらいいのに」無論三人の誰ひとりとして神に近い存在だと言う教授のことばを信じている者はいない。

しばらく教授を無遠慮にじろじろと眺めまわしていた三人は、やがて時刻に気づき、頷きあったのち、伊藤治子が代表して残念そうに言う。「先生はいつもここに来ていらっしゃるんですか」

「うん。明日、明後日とここにいる。昼過ぎからな」

この超能力のある人物を知りあいの誰かれに会わせたくてたまらなくなっていた伊藤治子は、ほっとしたように言う。「じゃ、ほかの人たち、つれてきてもいいですかあ」

「構わんよ」教授の言葉はやはりまったくの無感情だ。

小川良美が息子を呼び寄せ、三人の主婦が公園を立ち去ったあとも、教授は姿勢を崩さず、ベンチに座り続けた。まったく退屈しているようには見えなかった。学校帰りの生徒たちが公園の前の通りを三三五五通り過ぎて行った。陽がだいぶ傾いた。公園内を通り過ぎて行く者もいた。誰も教授の姿に不審を抱く者はいなかった。彼らにとって教授は遠くから見れば徘徊老人、近くからはどことなく人待ち顔をした上品な初老の紳士だった。主婦たちが立ち去ってから一時間半ほどが経過していた。その間には一度だけ大学生同士と思えるアベックがやってきて隣のベンチに腰をおろし、しばらく痴話喧嘩のような問答を交していたのだが、男性がここはなんだか臭いと言ったのをきっかけに去って行った。そのあと、あきらかに不良高校生と思える二人の若者が大通りの方から公園に入ってきた。彼らは教授を見て、徘徊老人と認め、服装から判断して金を持っているだろうと予想し、たかろうと話しあい、そして怯えを出さぬよう殊更にふてぶてしい態度で教授に近づいてきた。

背が高い方のひとりが薄笑いを浮かべて言う。「おじいちゃん。金持ってるかい。おれたち金が欲しいんだけどね。金くれねえかなあ」

少し前から彼らに顔を向けていた教授は、あいかわらずの低くて深い、やや沈鬱な声で言った。「わしのことをおじいちゃんと言ってくれたが、お前さんのおじいちゃんは浜野利一と言ってな、十一年前に死んどるよ」

「でたらめ言うな」なかば悲鳴のような声で少年は叫ぶ。何やら図星であったらしく、彼の表情は怯えに変わっていた。

「浜野宗一君。それからそっち、柏田潤君。君たちはホームレスや徘徊老人を見つけては金をせびっておるが、今まではさいわい、相手が警察に訴えて出るほどの判断力を持ちあわせていなかった。取られた金もさほどではなかったしね。だから君たちは今まで警察の注意を惹かなかった。よかったね」

「なんでおれたちのこと、知ってんだよう」尻込み気味の姿勢で柏田潤が突っかかる。

「わしは何でも知ってるんだよ」そう言って教授はまた正面を向いた。ふたりの悪餓鬼への興味を急速になくしたようでもあった。

「このおじん、ヤバいぜ」

ふたりが軽い恐懼《きょうく》に見舞われてそう話しあい、しかしこの老人が気になるのでなんとなく立ち去りかねているその背後から、いきなり疳高い女性の声が響いた。ふたりは立ちすくむ。

「結野先生。こんなところで何してるんですか」

濃い紺色のブレザーを着て細い黒のパンツを穿き、肩から大きな画板を提げた若い女性が、眼をいからせて立っていた。咎めるような眼は教授に向かい、ふたりの悪餓鬼にも向いた。美大生というよりは女子アスリートのように見えた。

「おお、花の乙女、高須美禰子《みねこ》」教授は朗誦するように言った。「西洋美術史の講義に無駄足を踏ませてしまった。すまなかったね。わしはずっとここにいたんでな」

「そんなことはいいんですけど」高須美禰子はどうやら同じ市内の悪餓鬼をどこかで見知っていたらしく、彼らに顔を向けて激しく難詰した。「あんたたち、先生にたかってたんでしょう。警察呼ぼうか」

「そんなことしてないって」浜野宗一は柏田潤の脇腹を小突いた。「おい。行こう」

「やばいよ。あいつ何だろう」二人は囁き交しながら足早に公園を出て行く。

「先生わたしの名前、憶えてたんですね。学生、たくさんいるのに」高須美禰子は心配そうな表情で教授の隣に腰掛ける。「先生ったら、突然休講にするんだもん。いったいどうしたんですか」

「わしは君がいつもここを通ることを知っていたよ」教授は言う。「だから待っていた。頼みたいことがあってね。そしてわしが授業を休講にしてここにいるのは、やることがあるからだ。やることとはつまり、ここにいることなんだが」

「よくわかりません」ますます不安げに美禰子は教授の顔を覗き込んだ。「それに先生はなんだか、いつもの先生じゃないみたい」

「その通り。わたしは結野楯夫じゃない。まあまあ、そんなに驚かないで、しばらくここにいなさい」教授は真正面を向いたままで美禰子に言う。「わたしが何者かは、ここにいればわかるよ」

「ええ。絶対に、先生じゃないわ。先生なら必ず、生徒には笑顔でものを言うから」美禰子は強い眼で教授の横顔を見つめながら頷いた。「眼もなんだか変だし」

「わしが誰かはそのうちわかるし、眼のことはいずれ説明してあげるよ」

二人はしばらく黙って、石のベンチに並んで座り続けた。美禰子は精神異常とも思える教授の言動やその意図がわからぬままに、心の動揺を抑えようとしながら落ち着いたふりをし続けた。陽は大きく傾いていた。風がまた少し強く、冷たくなった。

近くのコンビニエンス・ストアで買ったアイスを食べながら、鞄を肩から提げたふたりの女子高生が公園に入ってきた。彼女たちは大柄で、制服姿でさえなければ成人女性に見えただろう。二人は教授と美禰子のいるベンチの前までやってきて、いくつもの意味で不自然に思えるこのアベックを不思議そうに見つめた。

「すまないね」と、教授は言った。「君たちはいつもこのベンチに掛けて、アイスを食べながら話をするんだろう。あっちのベンチが空いてるけど、あのベンチは公衆トイレの臭いが流れてくるんでいやなんだろう。よく知ってるよ」

女子高生たちは顔を見あわせた。ひとりが言った。「なんでそんなこと、知ってるんですか。わたしたち、ここであなたに会ったことあるんですか」

「わしはなんでも知っとるんだよ。君は進藤真理君。そして君は竹内暢子君だ。君たちは幼稚園時代からの親友だ。わしの眼にはね、君たちが幼稚園で他の多くの園児に混って、ふたり並んで『トレロカモミロ』を元気よく歌っている姿が見えるんだ」

女子高生と同様、高須美禰子もまた驚愕していた。教授の言葉が間違っていないことは女子高生たちの、超自然現象を目前にした茫然自失ぶりを見れば明らかだったからだ。

「なんでわかるのお」進藤真理が泣きそうな声を出した。「おじいさんっていったい、誰なのよう」

教授は、それには答えなかった。「君たちの場所を取ってしまったお詫びに、ひとつだけいいことを教えよう」少し勿体ぶって教授は言う。「竹内暢子君。君のお母さんは六十三時間前、ダイヤの指輪を紛失した。それから君たち家族も巻き込んで、今もまだ大騒ぎで家中を探しておる」

「そうですけど」竹内暢子は吃驚した表情で大きく頷いた。「でもあの、家の中で落したことは間違いないんだって」

「その通りだ」教授も頷く。「あれはな、君のお母さん、竹内千鶴子さんが、洗い物をする時、落しては大変だと思ってはずし、ティッシュペーパーにくるんで、洗い場の上の窓框の、レールの上に置いた。彼女はそれをすっかり忘れているんだ。ダイヤは今もまだそのままだよ」

「本当かしら」二人は顔を見合わせる。

平然として真正面を向いている教授に、進藤真理はおそるおそる訊ねた。「あのう、あなたは霊能者とか、予言者とかですか」

「そんなものではない」

「じゃあ、神様なの」怯えた声で進藤真理はそう言ってから、急に眼を輝かせた。「それなら未来のこと、わかるのよね。だったらお願いがあるんだけど、あの、あのあの、わたしにも教えて頂戴。わたし、大学に合格するかしら」

「ああ。君は上智大学を志望して勉強してるんだったな。それは残念ながら」教授がそこで言葉を途切らせたので、進藤真理は顔を曇らせた。「残念ながら」と言うからには当然「落第」と続くのであろうと早合点したのである。しかし教授の言葉は違った。「教えてはやれない。それを教えると君はそれに対処しようとする。つまりそれはわたしの言葉によって未来を変えてしまうことになるんだ。そしてそれは君の運命だけでなく、大袈裟に聞こえるかもしれんが世界の予定を狂わせることになる」

「SFみたい」と、竹内暢子は笑いながら言う。

「なあんだあ」失望を籠めて進藤真理が身をくねらせた。もう教授への怖れはなくなり、親近感が勝っていた。「神様のくせに、予言できないのかあ」

「しかたがない。では予言できることを証明しよう。今すぐに起ることとであれば、予言してもさほどの不具合は起らないからね」教授は顔の向きとは関係なく、右手をあげて公園の北側を指した。「雑木林の中のあっちの道から今、ひとりの若者がスマートフォンを見ながらやってくる。彼は芝生の柵に気づかず歩いて来て、柵に足をとられ、芝生の上に倒れ込む。見ててご覧」

それは大学生と思える小肥りの青年で、眼鏡の奥の眼を丸くしながらアップルのiフォーンを右手に、画面を見ながら公園の中央部へと歩いてきた。彼の左足が芝生の柵に触れようとする時、彼を注視していた二人の女子高生はほとんど本能的な衝動によって同時に叫んだ。

「危ない」

青年は立ち止って柵に気づき、声がした方に向ってやや恥ずかしげな笑顔を向け、スマホを持つ手をあげた。「サンキュー」

「おやおや。注意したばかりなのに、君たちは未来を変えてしまったぞ」

教授のことばであっ、と失策に気づいた女子高生たちは、心配そうに教授を見つめる。

「すみません」「だって、つい」

「いいんだいいんだ」笑いもせず、教授は言う。「君たちの反応はわしの計算内だ。彼が芝生に『倒れない』こともわしは知っておったよ」公園から去っていく青年の背中を、あさっての方角に顔を向けたままで教授は指した。「彼のようにメールに夢中になる、ということが君たちにはなかった。それは褒めてあげなきゃならん。学校裏サイトにも加わらず、LINEいじめなんてものの被害に遭わなかったのも、君たちふたりが実際に話しあうことのできる友人だったことが大いに幸いしたんだ。祝福してあげたいところだが、わしはあいにく祝福なんてことはしない」

二人が教授に口ぐちに礼を述べ、明日はもっと多くの友達を連れて来てもいいかと訊ねるのに対し、さっきと同様に構わんよと返した教授は、女子高生たちが去ったあと、また沈黙した。

「そうかあ。先生は神様なんだあ」ややあって高須美禰子は感に堪えたように嘆息し、教授を見る。そんなことは常識的には信じていなかったが、なぜか信じたい気分だった。それくらいのことはこの世界にあってもいいのではないかと思えてならなかった。「それでこれからどうするんです先生。わたしにしてほしいことがあるって、さっきおっしゃったけど」

「今夜、君には何の予定もない」教授はそう断定した。「夕食につきあってほしい。いつも行くレストランではなく、たまに行く高級レストランに君を案内する。君のケータイで予約を入れてほしい」そして教授はすらすらとレストランの電話番号を暗唱して彼女に教えた。

「神様でもお腹は空くのね」ケータイを出しながら高須美禰子が揶揄気味に言った。

のでな」

「わしは空腹にはならない。ただ、この結野君のからだには栄養を与えてやらなきゃならん

美彌子がレストランに予約の電話をしていると、まだ黄昏時だというのにいささか酔った壮年の男が公園に入ってきた。片手に酒らしい二合瓶を持ち、無精髭を生やした労務者と思えるその男は汚い作業服を着ていて足取りが覚束なかった。彼は歳の離れた二人連れに何やら違和感を覚えたらしく、怪訝そうに近づいてくると赤眼を代わるがわる教授と美彌子に据え、やがてにたにたとして吠えるように言った。「おおっ。その声はもはやまともに生きることを放棄したかのようなやけくそじみたものだった。「おおっ。歳の割にはええ女連れとるがなおっさん。それともあれか、それ、お前の娘か。そやとしたらえらい、ええ娘やのう」

からんでくる中年男に嫌悪の眼を向けて高須美彌子は言う。「ちょっとうるさいわね。電話できないじゃないの」

何い、と美彌子を睨みつける男に、教授は言う。「ああ加藤淳也君。飲みはじめてたった一時間でその様かね」

加藤淳也はぎくりとして教授に向きなおった。それから足もとを踏みかためようとするように両足で交互に地面を踏んだ。「あんた警察か。何でや。何でやねん。あんた警察でもないのにやな、なんでわいの名前知っとんねんおっさん」

「わしは何でも知っとるよ。お前さんは一度駅のエスカレーターで盗撮をして逮捕されてお

るが、これはまあ、さほど恥じなくてよろしい」

彼の顔に血がのぼり、赤くなった。彼はまた蹈鞴《たたら》を踏んだ。「あんた、警察か。そやけど、やっぱり、警察か。へええ。そうか。盗撮、別にわい、恥じんでもええんか。そらまた何でやねん」

「盗撮されるのがいやなら今このわしの横にいる女性のようにパンツを穿けばいいわけでな、盗撮する者をなくそうとすればすべての女性にスカートを穿いてはならんという法律を作って強制すればいいんだが、これには女が反対するだろう。わしは今男の格好をしておるが、勿論女の格好だってできる。まあそれはどうでもいいか。つまり女の心理を代行して述べるとだね、女は男の気を引くためにスカートを穿いておるのだが、盗撮に女が怒るのはそうした自分たちの本音が男にわかってしまうからだよ。まあそう言うと身も蓋もないのだが、身も蓋もないことは他にもいっぱいある。殊更に言わないがね」

しばらくぼんやりと教授の顔を見ていた男は、突然眼を潤ませ、何かを攀《よ》じ上ろうとするように手足を振って叫んだ。「あーっ。このおっさん、ええおっさんや。ええおっさんや。そういうことわいの知りあいにも教えたってほしいなあ。聞かしたりたいなあ」

「連れて来ても構わんよ。わしは明日もここにおる」

「ほんまやな。ほんまやな。ほな、連れてくるで。連れてくるで。明日やな。明日やな」

男が早足で公園を出て行くと、電話を終えた高須美禰子は教授を横眼で睨む。「今のご意見には、異論があります」

「そうだろうね。今のはあの男を喜ばせるための言葉だが、まあ大きく間違ってはおらんのだからいいだろう」教授はゆっくりと立ちあがった。「では夕食に出かけよう」

2

リストランテ「カンパネルラ」は公園から二ブロック西にあり、そこは結野教授の住まいがあるマンションの近くだった。住宅が多い通りの中にあって外装は栗色のタイルであり、美大関係者が来る店ではなかった。美禰子の服装が店にそぐわないので二人は明るくて暖かくほぼ満席の店内を避け、ウエイター以外には話を聞かれることのない涼しいテラスのテーブル席を選んだ。テラスに客はひとりもいなかった。まだ宵闇には間があった。風はやんでいた。百五十グラムのステーキのコースを選んでから、ふたりはとりあえずスプマンテを注文した。

「先生はお酒、きっと強いんでしょうね」うわ眼で教授を見ながら美禰子は訊ねた。

「わしは酒には酔わない」教授は言う。「酔うのは結野君だが、この男は酔うと足もとが覚束なくなるからあまり飲ませないようにしよう」

「先生はどこを見てるのかわかんないわ」美禰子は教授の揺蕩する眼を見つめた。「真正面から女を見る眼でじろじろ直視されるよりはずっといいんだけど」

「説明する」スプマンテを注いでウエイターが立ち去ると、教授は言った。「宇宙とは空間と時間のすべてだから、宇宙に遍在するということは、時間と空間のすべてに存在するということになる。で、この結野君のからだはそんな存在のしかたに驚いて眼をふらふらさせているんだ」

そんな話に美禰子は、その驚きはかくもあらんと想像して自分の眼さえくるくる回してしまう。「まあ。そんならその眼は、時間と空間のすべてを見ているためにそんな具合にふらふらしているんですか」

「すべてを見るなんてことは人間の肉体では無理だ。結野君のからだはただ驚いているだけだ。彼の眼には現在、わけのわからぬ混濁した模様、渦巻、螺旋、色彩、さまざまな立体の大洪水、時にはさまざまな物質の形相、つまりエイドスとして見えているわけだが、そもそも現在の彼には意識がないんだから、ただ彼の肉体が今まで見たことのないそんな現象に吃驚して恰《あたか》もめまいのように反応しておるに過ぎんのだよ」

揺れ動く眼をした教授は美禰子の眼に、突然魅力的な異性として映じた。「そんな神様みたいな、例えばあなたのような存在って、いったい今までに想像した人はいるんでしょうか」

「そりゃまあ、何人もいるよ。想像するだけなら誰にでもできる」シュリンプ・サラダを運んできたウエイターが去るのも待たず、教授は喋りはじめる。「たとえば君はハイデガー君の本を読んどるから、彼から説明しようかね。あの子もまたそういう存在に迫ろうとした。彼はそれまでの哲学の学問性だけを追求した体系立った哲学に疑問があったんだ。デカルト君とかカント君とかあの辺だな。彼らは哲学の方法を学問的にしようとして、科学の方法論みたいにしちまった。ハイデガー君はそういう一義的なものに批判的だった。だから彼のお師匠さんのフッサール君の現象学による還元法を使って体系そのものを壊していこうとした。フッサール君の方はそれをどこまでも意識の問題にしておったが、ハイデガー君は存在の問題にしたんだ。それ以前に彼はアリストテレス君も勉強しとった。このアリストテレス君は気の毒な時代に生きておってな、いやわしにとっては今、と言ってもいいんだが、とにかく哲学によって神を否定したりしたらえらいことになる。異端として罪になるから、彼は懸命に神の存在を証明しようとする。むろん彼は『神』と言わないで『永遠的で不動の存在で、われわれわれから離れて存在しているもの』と言ったのだが、これはまあ、神のことだ。彼は運動というおかしなものをとっかかりにして『それ自体は動かされることなしに他を動かす存在』を証明しようとする。いや、彼は証明したと言って威張っておるのだが、まあまあある程度はわしに近づいたと言えるだろう。時間を直線的に、恒常的に、つまりはクロノス的にしか捉えていないとか、『地球から最も遠い天球』だとか、君たちから見れば古臭いと思える哲学だろうが、まあ最初にわしに近づいた者としては優れものだろうね。このアリストテレス君を勉強したあとハイデガー君はトマス・アクィナス君を勉強した。トマス君もわしを『在るところのもの』としてずいぶんわしに近づいてきたもんだが、ハイデガー君はトマス君を読んでおるくせに勉強したとは絶対に言ってはおらん。なあに彼の文章を読めばあちこちにトマス君からの影響があることは一目瞭然だろう。ハイデガー君はアリストテレス君からトマス君にまで続く形而上学から忘れ去られた西欧形而上学を批判した。これが彼の功績のひとつだ。トマス君は今、どうも正当に評価されておらんようだが、高須君はトマス・アクィナス君を読んでみる気はないかね。まあ君は必ず読むんだが」

「はい。読んでみます」高須美禰子はステーキを切りながら言った。そういう存在を人間が考えた神としてではなく、たんにそうした存在として考えることは信仰心のない彼女にとって、仮にそれまで信仰していた神や宗教があったとして、それを否定するよりはずっと容易なことだった。そしてそんなことを考えていた人物が何人もいたことに驚いてもいた。たとえそれが人間たちの考え出した神と大きく重なる部分があるにせよ、である。高須美禰子は彼を今までのように「先生」と呼びにくくなっている自分に気づいてはいたのだが、だからといって彼を今さらどう呼べばいいのかわからなかった。当分は「先生」でいくしかないと彼女は思った。

卓上のランプと庭園灯の明りだけになっていた。近くの建物の多くの窓は都心部のように明るくはなかった。デザートを食べ終えた二人はしばらくぼんやりしていた。勿論、教授が美禰子同様にぼんやりしているということはあり得ない。美禰子には計り知れない難しい計算をしているに違いなかった。彼女はこれからどうするのかと教授に訊ねた。

「これからわしの部屋へ行く」美禰子がそうすることは決定しているのだという口調で教授は言う。美禰子が帰宅時間にうるさい自宅や、または下宿などにいるのではなく、ワンルーム・マンションにひとりで住んでいることなどもとっくにお見通しのようだった。

教授はカードで支払いをした。レストランを出て急に人通りの途絶えた大通りをマンションに向かいながら、教授は高須美禰子に言った。「もしや、結野教授のからだが女を欲しているから、わしが君をマンションの住まいに連れて行くのではないかと君は考えている。だが、それは違う」

「そんなに先に先に言い当てられたんじゃ、何も言えません」美禰子は少し怒気を含ませて言う。「だから、もしかすると、と思っただけです」

「結構。君にはわしの世話をして貰いたい。この結野君は、外出時の身装りはきちんとしておるものの、住まいはだらしのない状態になっておる。まあ、見かけのいい独身男というのはたいていそういうものだが」

母親が死んで以来の父親の世話、弟たちの世話で、美禰子は男の世話に慣れていた。むろん教授はそれを承知しているのだろう。

マンションは六階建てで教授の住まいは三階の角である。広いリビングは埃っぽく、その隣の書斎も埃っぽく、いずれの部屋も壁の本棚は書物で満たされていた。リビングの奥は厨房で洗い場には洗われぬままの食器が山積し、着替えに入る教授について寝室に入ってみれば、脱ぎ捨てられた下着類があちこちに散乱していた。

「まず、お掃除をします」ある種の決意を表明するような口調で美禰子は宣言した。時間がかかりそうだった。

「頼む。わしはベランダに出ている」パジャマ姿になった教授はガラス戸を開けて寝室から大通りを見おろせるベランダに出た。椅子はなかったが教授はくつろいだ様子で手摺の手前に立ち、そのまま身じろぎもしなくなった。

美禰子は掃除をし、食器を食器洗い機に入れて電源を入れ、下着類を洗濯機に入れて電源を入れた。二時間かかり、十時近くになっていた。全知全能の筈なのになんで掃除くらいできないのかと美禰子は思ったが、奇術じみた真似や魔術のような小手先の芸が嫌いなのだろうと思うことにした。教授が無理に神の仕業をせず、世の流れに沿うように行動していることがなんとなくわかりかけてもいたのだ。今までの彼の言動から類推して、奇蹟を起そうとすればいくらでも起せるにかかわらず、どうやら彼が世の流れをできるだけ自然に任せようとしているのではないかと思えたのである。きっと、そういう神様なのだ、と美禰子は思った。自分で辻褄合わせをしていながらも、教授が神様であることを今では一点の曇りもなく信じていた。

「お掃除ができました」美禰子はベランダへのガラス戸を開けて像のように佇立している教授に呼びかけた。「どうぞお入りになってください」そして、少し間をおいてから彼女は言った。「先生」

教授はスイッチを入れたようにからだをぴく、と動かしてから「ありがとう」と言って部屋に戻ってきた。してみれば「先生」でもいいのであろう。教授はあっさりとシャワーを浴びてからリビングに入り、綺麗に片づいた食卓に向かって掛け、佇んでいる美禰子に言った。

「この結野君は寝酒をやらなければ寝られない体質だが、わしは飲まなくてもこの男を眠らせて休息させることはできる。君は少しワインを飲みなさい」

「はい」冷蔵庫から半分空いた赤ワインを取り出し、洋酒棚のベネチアン・グラスを出して教授と食卓で向きあうと、美禰子は定まらぬ視線ゆえに平気で顔を見つめることができる彼を直視して言う。「クリーニングに出さなければいけない冬服が三着とワイシャツが何枚かあります。さっき電話帳にあるクリーニング店に電話したら留守電だったので、明日朝九時に取りにくるように頼んでおきました。わたしが九時までに来て、出しておきます。ついでに朝食の用意もします」

「朝食は君が思いつくままに買物をしてきてくれていい。わたしの財布から適当に取りなさい。君は午前中、実技の講評があるんだから、それには出なさい。十時からだから間にあう。

午後からは教科があるが、あれは実につまらんから、出なくてよろしい。そしてまたあの公園に来なさい」

すべては予定、というか、むしろ確定されていることなので逆らってもはじまらない。美禰子は頷いた。「で、お昼ご飯はどうされますか」

「この男、昼は食べない。朝昼兼用で一日二食だ。まあそれが歳相応だろう」教授の口調からはあいかわらず何の感情も読み取れず、美禰子にはそれがやや物足りなかった。

グラスに二杯のワインで少し酔った美禰子は、帰途、この時間に住まいまで近道をして細い路地を行くのが物騒ではないかと思ったのだが、それを口にするまでもなく教授が不安を払拭してくれた。

「大丈夫だ。今夜は誰も君を襲う者はいないから安心して近道を帰りなさい。実はひとりいたずら目的の若い男が徘徊しているが、こいつは君の、なでしこジャパンの誰かみたいに背の高い大柄な恰幅に驚いて、絶対に手は出さないから」

グラスを洗っているうちに教授はベッドに入っていた。

「先生。わたしは帰りますが、ドアの鍵、どうしますか」

「そのままでいい。今夜は誰かが侵入してくるということはない。明日の朝もドアは開いているから勝手に入ってきなさい。今後は出入り自由だ。誰も侵入する者はいない」

差し詰めわたしは天使の役まわりだな、と美禰子は思い、そんな役まわりに歓びのような思いを抱いて住まいに帰った。

翌朝、高須美禰子は気分の赴くままにアート・ベーカリーへ行き、何故とも知らず紺野佳奈からバゲットを買った。教授の住まいの冷蔵庫にベーコンや卵が入っていることは確認している。レタスもあった筈だ。教授はまだ寝ていた。クリーニング屋が来たので洗濯物を出した。彼女が知らず知らず作った朝食は教授がアート・ベーカリーで注文する食事と焼き加減も量も寸分変らない。リビングの食卓に朝食を並べ珈琲を淹れたポットを置いてから、美禰子は教授を起したものかどうかを思案したが、何もかもお見通しである以上余計なことはしない方がいいと判断し、着衣一式をベッドの足もとの長持の上においてから、わたしは神様のお手伝い、わたしは神様の従者、わたしは天使などと胸で陽気に歌いながら彼女は教授の住まいを出て美大へ登校する。

実技の講評が終り、学食でランチを食べ、美禰子は公園に向った。なぜか浮き浮きしていた。教授に乗り移った神様を愛してしまっているのか、神様が乗り移った教授に恋してしまったのか、よくわからなかった。どちらにせよ、叶う恋ではない。

教授はすでに来ていて、公園の昨日のベンチに掛けていた。少し右寄りに掛けているということは、昨日同様左側に美禰子を掛けさせるつもりなのだろう。ベンチの前には四十人ほどが集っていた。正面には適度の厚かましさと共に主婦たちが立ち、最前列で体育座りをしている女も数人いた。美禰子は知らないものの、その中には勿論小川良美、伊藤治子、池崎利江の姿もある。南寄りには加藤淳也と、彼がつれてきたらしいみすぼらしい身装りの男たちが立っていた。中には誰から噂を聞いたのかいい身装りをした会社員風の男もいたしラフな服装ながら高価そうな服を着たベンチャー企業のオーナーとも見える男がいた。主婦たちのうしろには近くの商店の店員とか店主とかに見える男女が立っていた。その中には教授の背後の桜の木に隠れるようにしている者もいた。北寄りにはまだ授業時間中の筈なのに浜野宗一や柏田潤を含めた高校生と思える一団がいて、彼らは教授から見えないようにずいぶん後方の、公衆便所に近い場所で身を寄せあっていた。美彌子は臆することなく主婦やその他の者の間を通って自分の定位置と勝手に認識しているベンチの左寄りに掛けて教授と並んだ。彼女を不審の眼で見る者もいたが、その注意はすぐまた教授に戻った。彼らは教授が前にいる者を順に名指しして名前を言い当てることに驚き、その者に関するひと言ひと言にも大いに驚き、まだ名指しされていない者はいつ自分の番がくるのかと胸をときめかせて待っていたのである。彼らの中には完全に教授のことを神様に違いないと認識してしまっている者もいて、「神様」「神様よ」「神様だわ」「やっぱり神様だよなあ」と囁き交す声もあった。

「よく来てくれた。助かる」教授が初めて美彌子に犒《ねぎら》いの言葉らしいことを言った。「今からますます馬鹿な質問をする者が増える。君はわかる範囲でその者たちに注意してやってくれ」

美彌子は強く頷いた。教授が囁きかけ彼女が頷いたことで全員が美彌子を教授の助手または弟子と認めたようだ。

今朝、うちの店へバゲットを買いに来た子だわ、と紺野佳奈は美禰子を見て思った。彼女は桜の木のうしろへ半身を隠すようにしながらその場にいて、その様子を見ていた。昼前、いつもパンを買いにくる平尾俊恵という主婦から、公園における結野教授の奇行の噂を聞き、なにしろ常日頃来店して食事をするお得意さまがおかしな振舞いをしているということなので何となく抛《ほう》ってはおけず、雅彦に事情を説明した上で様子を見にきたのだった。そして公園におけるそれまでの教授の言動に佳奈もまた驚愕していた。そして美禰子を見て、あの子が教授の知りあいということは、と、佳奈は考えた。あの子が今朝バゲットを買いに来たということは、あの子が結野教授の朝食を作ったということだから、あの子と教授との関係は、などと憶測をたくましくしていた。

平尾俊恵は昨日、結野教授がアート・ベーカリーで食事をするさまを見て、あきらかにいつもと違う彼の様子に奇異の念を抱いていたので噂を聞くなり公園へとんで行き、その噂が事実であることを確認し、アート・ベーカリーへと駆けつけ、佳奈へ報告に及んだのだ。彼女はそのあと、ついでにアート・ベーカリーの向かいの、いつもペットボトルの飲料水やウーロン茶を買っている滝本パン店へも立寄り、このことを俊朗と美加子の夫婦にも告げたのである。彼女は滝本夫妻に、アート・ベーカリーで売っている片腕のパンのことを教えた人物でもあった。そのため公園には妻を店番に残して滝本俊朗も来ていた。平尾俊恵もまた、滝本パン店から公園にとって返し、この奇妙な成りゆきを見極めようと決意していた。これらの人びとはお互いが公園に来ていることを知っていながら、なぜとはなく知らぬふりをし、顔を合わせないようにしていたのである。

質問はひっきりなしだった。「自分の病気は治るのか」「わたしの母親の病気は」といった種類の質問に教授はその病名を言い当てた上で、治るとか治らないとかいった予測めいたことは言わず、いい治療をする医師を教えてやり間違った治療をしている者にはそれを正してやった。「子供が勉強をしないのだが、させる方法は」などという質問にはその子の性格を言い当てた上で、抛っておいてよいという回答も含め、最適の対応を教えてやった。これに限らず、主に生活や賃金に関して未来はどうなるかという質問は驚くほど多く、これには美禰子が辛抱強く、いちいち同じ答えで対応した。「先生は、未来の予測はなさいません。なぜかというと、未来がわかると、例えばその未来が悪いことだと、人はそれに対処しようとします。すると未来が不自然なかたちで変ってしまうのです。これは自然の流れに反することなので、先生はよくご承知でいながら、決して答えをおっしゃいません」

三時を過ぎると進藤真理、竹内暢子と一緒に女子高生たちがやってきて、公園の人数は五十人を越えた。しかし教授の巧みな応対によって騒ぐ者もいず、我勝ちに何か聞こうとする者たちもいず、集ってきた者同士が言い争うこともなかった。

陽が大きく傾いて黄昏《たそが》れ時となっても、公園の人数はあまり減らなかった。

このまま昨日のようにレストランへ行ったりすれば、ついてくる者が大勢いて大変なことになるだろうという美禰子の心配を見透かして、教授は言った。「今日はマンションの住いで一緒に夕食をしよう。君はスーパーへ行って自分の食べたいものも含め心にかかるものを何でも買ってきなさい。わしはついてくる連中を撒いて先に帰っておる」

あらあもう終りなのと主婦たちが嘆く中をまた明日、また明日と言いながら教授と美禰子は夕闇迫る公園を出た。美禰子は教授から二枚の一万円札を受取り、大通りを左右に別れた。教授のあとを追う者が十何人かいたが美禰子を追う者はいなかった。町内で一番の大型スーパーに入った美禰子は教授に命じられたまま、食指の動くままに食材をカートに入れた。中にはなんでわたしこんなもの買うのかしらと疑問に思うものもあったが、神様の思し召しと断じてカートに投げ込んだ。すべては正解であり、それは教授がいつも食べているものだった。

昨夜のように食卓で向かいあい、美禰子が作った夕食を食べながら教授は言う。「明日は何が起っても驚いてはいけない」

「えっ。何があるんですか。ああ。未来のことを聞いてはいけないんでしたね」

教授はうわ眼遣いのままで言う。「君にならて教えてもいい。明日は土曜日ということもあって公園に来る者は三百八十人に達する。マスコミも来れば警察も来る。美大の学生まで大勢来るぞ。教授たちまでが結野君を心配して四人来る。今日来ていた者はほとんど来る。そしてちょっとした騒ぎが起り、いや、むしろわし自身が起すのだが、君はすべてを成りゆきに任せなさい。ただ見ていればよろしい。心配する必要はまったくなく、むしろ君はそうした状況を楽しむべきだろう」

3

翌朝、美禰子は十時に教授を起しに行き、朝食を共にした。二人がマンションを出て公園に向かう途中の大通りでは、美禰子の眼には四十代と思える主婦がつれている黄色の中型犬に吠えられた。犬は気が狂ったように教授に向って吠え立てた。

「この犬は今、犬語でわしのことを妖しいやつだと言っておる」

教授はそう言い、顔は真正面を向けたまま犬を指した。途端に犬は吠えることをやめて腰を抜かした。つまり下半身を脱力させ、尻を地面に落してしまったのである。その眼はあいかわらず教授に向けて見開かれていた。つれていた主婦も飼犬のこの様子の急変に驚き、眼を丸くして教授を見つめた。

「君は今のあの主婦を四十代と思ったが、実は彼女はまだ二十七歳だよ」

立ち止らず歩き続けながら教授がそう言うのに対し、美禰子は訊ねる。「先生は犬がお嫌いなんですか」

「ドゥ・ミュンニンク君が正しいことを言っている。究極的には、神にとってあらゆる存在は美しいなどと言っておるが、わしにとっても、犬がわしに吠えつくのも美しいし、吠えなくなってへたり込んだ犬も美しい。そもそも犬そのものが美しいんだ。この世のものすべては美しい」

そう言った教授を横眼で見て、それなら災害も戦争も美しいんですか、と美禰子は訊こうとした。だが、その答えが恐ろしくて訊けなかった。そのうちに何もかもわかるのだろう、と思うことにした。彼女の考えがわかるらしく教授はうん、うんと頷くような仕草をしている。もう公園の入口に到る横断歩道まで来ていた。信号待ちをしながら公園を見て美禰子はうわあと叫んだ。大勢が公園にいてその一部が通りにまであふれ出ていた。昨日も来ていたほとんど全員に加え美禰子にとって面識はなかったものの美大の学生の實石夏生、倉見直之、堀宏美もいて、集っているすべてが興奮しているその公園には教授の言った通り記者やテレビのクルーも来ていた。入口までやってきた教授に話しかけようとして近づいてくる取材者に対しては、教授を出迎えようとしてすぐ傍にやってきた加藤淳也が叫ぶ。

「マスコミは引っ込んどらんかい」

教授を撮ろうとして無遠慮にもその顔の間近にまでレンズを迫らせるカメラマンに対しては小川良美たち何人もの主婦がヒステリックに叫ぶ。

「失礼じゃないの」「マスコミは帰りなさいよ」

それでも厚かましくカメラを近づけたひとりに、真正面を向いたままの教授が指を突きつけ、二メートルばかり後方へ吹っ飛んで仰向けにひっくり返ったカメラマンを見て、報道関係者はもう誰も近づかなくなった。ただひとり公園の入口近くに立っている若いレポーターだけがマイクに向って大声で喋り続けている。

「あっ。現れました。現れました。この人物のようです。これが美大教授の結野楯夫さんだと思われます。昨日からこの場所で、自分は神であると自称し、集った人の名前を当てたり予言したり、何やかやと奇蹟めいたことをしている人物です。人数は次第に増え、今はもう公園に入りきらず、通りにまで」

「うるさい」加藤淳也の仲間と思える労務者風の男がレポーターの耳もとで怒鳴り、レポーターは黙った。ふたたび「マスコミ帰れ」の合唱が起るのを恐れてか、インタヴューしようとして教授に近づいてきたアナウンサーを含めて記者連中全員がおとなしくなり、以後は教授に向けて遠くからマイクを差し出しカメラを向けているだけになった。教授と美禰子は誰にも邪魔されず一昨日と昨日座っていたあのベンチに向かう。全員が立っていてベンチ前には昨日のように座り込む余裕もない。行く手の人びとが両側に分かれて二人を通そうとするので、モーゼみたいだわと美禰子は思う。二人は腰をおろすことができたもののベンチ前はほんの一メートルほど離れた半円の外で押しあいへしあいの騒ぎだった。これを取仕切ろうとしている薄いサングラスをかけた軽薄そうな若い男もいて、「並んで並んで。順序よく順番に聞きましょうね。順番に」などと仕切っていて、この男がテレビカメラを意識していることは美禰子の眼に瞭然だった。

「それじゃお母さん。まずあなたからね」とその男が言い、車椅子に八歳ほどの子供を乗せた主婦らしい女をベンチの前へ押し出すようにした。「この人が一番早くから来て待っていたそうですから」

「神様、ですか。神様、なんですよね」粗末な服装をし、丸い赤ら顔をした泣き顔の主婦は縋るような眼で教授を見つめ、半ば怯えながらも懸命に喋りはじめた。「キリスト様なんですよね。あのキリスト様。この子の足を治してやってください。五歳の時にこの子には何の罪もない事故で、自動車事故なんですけど、歩けなくなりました。はい。歩けません。キリスト様の奇蹟で治してやってください。お願いしますので」彼女は何度も頭を下げた。「お願いしますので」

「佐藤香代さん。わしはあんたの言うキリストではない。そして、お前さんは特に信心深くもないが、わしはお前さんが考えているような神様でもない」教授は顔を宙空に向けたままで言った。「その子は、佐藤弾君は、三十七ヶ月と四日前に、お前さんの不注意から自動車事故に遭って足が不自由になった。だからそれは自然なことだったんだ。その子の足が治ればそれは不自然なことになってしまう。この子にとっては不幸だが、不幸な子供というのはだいたい、よくない両親のかわりに社会から罰せられているんだが、その罰を与えているのはわしではなくお前さんたち人間なんだ。この子がその不幸を乗り越えるかどうかもお前さんたち次第だ。そしてまた、いわゆる信心深い者たちは、善良な者が不幸な目に遭うのはそれがお前さんたちの罪の連帯責任によるものだと思っておることが多いが、これもまた、そうではない。不幸はそれを生み出した連中や社会だけによるもので、だいたい連帯責任なんてことも、そもそも責任なんてものも存在しない。架空のことだ。罪とか罰とかもだ。罪も罰もお前さんたちが好きに作って好きにやっとる」

自分の唯一頼みの綱とも言うべき存在であるのに、その存在には自分の子供を治そうという気がまったくないのだということを次第に理解しはじめた佐藤香代は、涙を滂沱と流しながら今はもうやけくそじみた感情に囚われてヒステリックに叫んだ。「何ですか。何ですか。あなたは神様のくせに、奇蹟だって起せるくせに、わたしの子供も治せないんですか。全部わたしの責任にしたりしてさ」この主婦の激昂ぶりに群衆は唖然としたままである。弾という色黒の痩せた子供までがすすり泣きはじめた。「そんならあなたは、名前を当てたり、当てものごっこをしたり、何やかやと予言したりしながら、言い逃ればかりして、人のためには何にもしていないんじゃありませんか。言葉だけじゃなくって、ひとつくらい、人のためになることをやったらどうなんですか」

この時教授は今までにない行動をした。突然背後を振り返り、桜の木のうしろに半ば身を隠していた紺野雅彦に向ってウィンクして見せ、言ったのである。「じゃあまた、パンでも焼くか」

アート・ベーカリーの店主は昨日佳奈の報告を受けて今日は妻を店番に残し、自分でこの驚くべき光景を見聞に来たのだったが、あきらかに自分に向けられたと思える教授の言葉で一瞬にして顔色を失った。今やはっきりと、教授が栗本健人と同一人物であることを悟ったのだ。それがどういう経緯を経てのことなのかはわからない。教授の身に栗本健人が乗り移ったのか、あるいは何者かが栗本健人から結野楯夫教授へと憑依の対象を変えたのか、どちらにしろそれは彼の想像を越える現象だったのである。

あいかわらず泣きわめき続けている佐藤香代の背後にいて、自分の順番を待っていたひとりの女が急に叫びはじめた。教授を神であると信じ切っている様子の彼女は感激した様子で、神懸かりのように茶髪を振り乱し、周囲を見回しながら言う。「そうなのよ。神様なのよ。これは神様よ。今の神様の言葉でわかったでしょう。すばらしいことを言ってくださっているのよ。どんな仕事だって人の役に立っているのよ。わたしみたいな、ソープランドなんてフーゾクに勤めている売春婦みたいな女でも、やっぱり人の役に立っているのよ」どうやら自分の身の上を訴え、懺悔めいたことをしたかったらしい女は、そこまで言って号泣しはじめた。

今日はみな、恐ろしくヒステリックだわ、と美禰子は思った。こんなヒステリックな女たちもやっぱり先生にとっては美しいのかしらと美禰子が思った時、あの軽薄そうな薄いサングラスの男がうす笑いを浮かべて揶揄するように言った。

「おやおや。マグダラのマリアが出現しましたな」

だが、彼の軽薄な言葉はそこまでだった。彼は突然、さっきから美禰子が考えていたこと、教授に訊ねたかったことを代弁するかのように喋りはじめたのだ。

「ねえ先生。どうも女はヒステリックでいけませんが、昔からジャンヌ・ダルクだの何だのと、いろんなヒステリックな聖女がいますけど、先生はああいうものをどう判断なさいますか。あなたの口からこのヒステリックな女たちに言ってくださいよ。お前たちを認めると。あるいはまた認めないと」

喋りながらこの男が眼をぱちくりさせているのを見て、美禰子は確信した。彼はわたしの質問を自分の意志に反して口にしているのだ、そしてそれを彼に言わせているのは先生で、先生はわたしの心の中の疑問を彼の口を借りて言わせているのだ、そして先生はそれに答えてくださるつもりなのだ。美禰子はそう気づき、教授の能力に怖れを抱いた。途方もなく怖かった。自分の顔が蒼ざめていることは自分でもわかった。

「ひと昔前のロシアで」と、泣いている二人の女を指して教授は喋りはじめた。「神が女をいとおしんで贈り届けたのがこうしたヒステリーだなんて言っておったが、わしはそんな善いことはしていない。こういうのは勝手にこうなっておるだけだ。勿論わしはこういうものを認めるよ。現実の存在であり真だ。真はすべて認める」

　公園に四百人近くの群衆が集って何やら騒いでいるという通報を通りかかった通行人から井上巡査が受けたのは、彼が公園とは逆方向の巡回から交番に戻ってきた直後だった。またあの公園か、と彼は思った。女の片足が見つかったというので片腕が見つかった河川敷から、本署の刑事や警部を案内したのと同じ、あの公園だった。無届け集会をしていると思われる現場にとりあえず出向く旨を電話で本署に報告してから、井上巡査はさっそく自転車で公園に向った。公園はしかし思っていたほどの騒ぎになってはいなかった。人を掻き分けて前に出るとベンチに掛けた初老の紳士がひとりで喋っていて、全員が彼の言葉に耳を傾けているのだということがわかった。しかし公の場所でのこれだけの群衆をこのままにしておくことはできない。彼は教授の前に立って群衆を振り返り、大声を出した。

「皆さん。いけません。解散してください。すぐ解散してください」

たちまち四方八方から男の声、女の声で非難があがる。「なんでよ」「何もしてないでしょ」「話を聞いてるだけじゃないの」「警察横暴だぞ」「集会の自由だ」

井上巡査は群衆に負けまいとけんめいに声を張りあげる。「これは無届けの集会でしょ。これは規制の対象になります。公安条例違反なんです。ただちに解散してください」

だが群衆も黙ってはいない。「何も騒いでいないじゃないか」「そこにいるのは神様なのよ」「事情も知らないで」「何だようポリ公が」

「道路交通法違反になります」今や井上巡査は必死だ。おろおろ声でけんめいに法律の知識を動員させて叫んでいる彼にカメラマンたちがカメラを向ける。「逮捕されることもあるんですよ」

「ここは道路やないで」加藤淳也が井上の前に立ち、睨みつけて凄む。「公園やがな。みんなが勝手に集ったかてかまへん場所違うんか」

「お、お前」巡査が少し怯えて言う。「公務執行妨害だぞ」彼はあらためて周囲を見まわし、大声を出した。「主催者は誰ですか。主催者はどこにいますか」全員の視線を追い、井上巡査は教授と美禰子を振り返った。「あんたたちか。すぐにやめさせないと連行しますよ」

「わしの話を聞きに、皆が勝手に集ってきたんだよ」教授は宥めるように言った。「いけないのなら、すぐにやめよう」

途端にあちこちから悲鳴があがる。「いやよう」「あーっ。やめないで」「帰らないでくださーい」

加藤淳也がその悲鳴を味方にして教授を守るように井上の前に立ち塞がり、またしても凄む。「こら。このポリ公が。この人を連行する気かい。ただではすまへんで」

井上巡査は一歩退いた。「手に負えんな」そう呟き、記者たちから教授の名前や身分などを訊いてケータイを取り出し、本署に応援を求める。

警察の来ないうちにと、教授の口からもっとさまざまなことを聞き出そうとする連中がわっと押し寄せてきて口ぐちに質問しはじめた。さっき異常な体験をしたあの軽薄なサングラスの男はもはや仕切る気をなくしてぼんやりと佇んでいる。

「先生。どうしますか」

そう訊ねた美禰子に、教授は真正面を向いたままで答える。「警察の応援はまだまだ来ない。それまでは続けよう」

自分のデスクにいた上代真一警部は、工藤刑事から報告を受けた。「先日、女の片足が見つかったあの公園で、なんだか集会めいたものが開かれているようです。無届けだそうです。あの時に河川敷から公園の現場まで皆を案内したという井上という巡査からの報告らしいんですが、どうしますか。うちの班の仕事じゃないように思いますが、二班にまわしますか」

心にかかるものがあり、警部は若い工藤刑事を睨んだ。「あの公園か。どんな集会をやってるんだ」

「美大の教授で結野楯夫という人物が、市民を集めて何だか予言めいたことをしていると言うんですがね。テレビなんかも来ているらしくて」あいかわらずの退屈そうな物言いで工藤は言った。

結野楯夫、という名前には聞き覚えがあった。アート・ベーカリーの常連で、聞き込みに行った時に居合わせた不審な態度の人物ではなかったか。上代警部は杉本刑事の姿を求めて課内を見まわしながら立ちあがって言った。「ちょっと行ってみよう」

例によって「物好きな」という眼を警部に向け、工藤は一礼して去る。女性のバラバラ事件で組んでいる杉本刑事を誘い、上代は公園に向った。

公園はまたもとの秩序正しさに戻り、順序よく誰かれが質問する困りごと、身の上などの相談に教授は静かに答えていた。突拍子もない事実を教えられて大喜びする者もいる。教授の答えを得た人の多くは大いに満足そうであり、そのあとも公園に留まり続けて他の人びとの質問に答えている教授の声に聞き耳を立てている。入口近くでは井上巡査が応援を待ち、記者たちはやってきた人びとに次つぎとインタヴューをし、カメラマンは教授の姿を撮り続けていた。陽が傾いて風が吹きはじめた。井上巡査は教授が特にアジテーションのような言説で人をたきつけ騒動に誘おうとはしていないことを知り、これなら群衆が突如いっせいに、例えば反政府的な衝動で暴動を起したりはしないだろうと思って安心しはじめていた。

上代真一警部と杉本刑事は、応援のための二人の警官を伴って公園にやってきた。私服の真一と杉本はそっと井上に自分たちの到着を告げてから群衆に紛れ込み、杉本はベンチの正面やや後方に立ち、真一だけは教授のベンチのすぐうしろにある桜の木の陰に隠れ、彼の言動に注意を向けた。そして彼はすぐ、教授の言説に耳を疑うほどの衝撃を受け、驚愕し続けることになる。

警部と紺野雅彦がすぐ傍にいることに先に気づいたのは雅彦の方だった。彼はそっと警部の背後に近づき、遠慮勝ちな囁き声で話しかけた。「警部さん。紺野です。アート・ベーカリーの。先日お目にかかった」

「おお」警部は紺野に頷き返したものの、教授の言動に全身で注意を向けているため、今はこのパン屋の店主の言葉が煩わしく、ついそっけない返事になる。

「結野先生のあの眼に気づきましたか。実はさっき」雅彦は教授が自分に向けてウィンクした前後のいきさつを話し、断言した。「あれは栗本健人と同一人物です。とんでもないと思われるかもしれませんが、明らかに栗本君です。なぜかということはわかりません。だけどわたしには、教授がわたしにウィンクした途端にわかったんです」さほど暑くもなく風も吹いているのに、雅彦は汗をかいていた。「あのふらついている眼は、栗本がしていた眼なんです」

彼の懸命さは上代にも伝わった。「不思議なことですな」だが、そう応え返すのがせいいっぱいだ。上代真一警部にもこの教授という不可解な存在を警察官としての常識で理解することは困難だった。「もう少し様子を見ましょう」

次つぎと教授の前に出てきて何らかの言葉を得ようとする人の列にほんの少し空隙が生まれた時、あの皆を仕切ろうとしていた薄いサングラスの軽薄そうな若い男が、いきなり転がるように教授の前に出てきて、ほとんど這いつくばるような姿勢のままに教授を見あげ、大声で話しはじめた。見かけだけはいかにもという風ないい身装りをしたその若者の薄いサングラスの奥の眼は、美禰子の眼には何らかの不純な欲望でぎらぎら輝いているように映じた。

「ああっ。先生。先生。先生。わたしはあなたを神様だと信じます。あなたは神様です。どうかわたしをあなたの、信者第一号にしてください。教祖として、わたしを信徒のトップにしてください。必ずお役に立ちます。わたしと一緒にあなたの教えを世間に、いや世界中に広げましょう。絶対にあなたに損はさせません」

男の真意を教授がどう解釈しているのか美禰子にも、周囲の人間たちにもわからなかったのだが、教授はこの男がまだ喋り続けているうちから、彼に向って小さく右手で手招きし続けていた。喋りながらもそれに気づいた青年が自分の顔を教授の前に差し出した時、教授は手招きしていた手の親指と人差し指を使って彼の額をぴんとはじいた。美禰子には彼がほぼ二メートルばかりの宙空にはじき飛ばされた瞬間、ふにゃ、とも、ふぎゃ、ともつかぬ声を発したように聞こえたのだが、彼の声はそれきり途絶えた。彼は立ち並ぶ人の間に仰向けになって飛び込み、ベンチから三メートルばかり後方の地面へ頭を下にして墜落した。そしてその場で意識を失い、激しく痙攣した。人びとはわあ、ともおお、ともつかぬ声を発しながら彼を二メートルほどの距離で取り巻き、手足を痙攣させ続けている彼をなす術もなく見守った。

「どきなさい。どきなさい」

ベンチの正面、人びとの少し後方から一部始終を見ていた杉本刑事と井上巡査が、応援の警官二名と共に青年の傍へ駆け寄った。ベンチのうしろからは上代警部もやってきた。杉本が青年の脈をとり彼に呼びかける間、井上巡査が教授の前へ進み、大声で告げる。

「結野楯夫さん。あなたを傷害による現行犯で逮捕します」

「待ってください」高須美禰子は立ちあがって腰掛けたままの教授の前に立った。「先生は何もなさっていません。あの人の額を指でぴんとはじいただけです」

しゃがみこんでいた上代警部はこの時すでに倒れて痙攣している青年の症状を診て、脳挫傷によるものと判断していた。彼は美禰子を振り向き、背の高い彼女を見あげるようにして、すまなそうに言った。「お嬢さん。ぴんとはじいただけでこのようにはならんのですよ。確かにあなたの言う通り、先生はぴんとはじかれただけでした。しかしこの人が飛びあがり、まっさかさまに地べたに転落して脳挫傷と思える症状を呈している。これもまた事実なんです。なんでそんなことになったか、ここはやはり事情聴取のため先生に警察へ来ていただかなければなりませんな。しかたがないんですよ」

その間にも杉本刑事はケータイで救急車を要請していた。警官たちが周囲の人びとを倒れた男から遠ざけている中で、教授は井上巡査が促すのに従っておとなしくベンチから立ちあがり、今までとまったく変らぬ声で美禰子に言った。

「心配ない。わしは連行されるが、君はついてこなくていい。明日の朝十一時十五分、わしから君のケータイに電話するので、その時までにわしのマンションへ行って着替えを用意して、それを留置場へ持ってきてくれればいい」

4

留置場に勾留された結野教授の態度は警察官たちが驚くほど落ち着き払ったもので、出された食事には不平を言いもせずそれらを残すことなく食べ、洗面や用を足す以外はベッドに腰掛けたまま身じろぎもせず声を発することもなかった。夜に入ってからも、それまでのように教授の釈放を求めて公園からついてきた連中何十人もが警察の門前に蝟集《いしゅう》していたが、これは無視された。彼らが騒がず、静かだったからである。教授がいつ眠ったのか、確認した者は誰もいなかった。取調べが始まる前に面会を求めてきた美大関係者、マスコミ関係者もすべて断られ、翌朝美禰子によって届けられた着替えの下着類だけは受理された。教授の所持するケータイは取りあげられていたにかかわらず、なぜか時間通りに美禰子のケータイに電話がかかってきたのだった。テレビではこの事件がやや扇情的に報じられ、新聞も良識の範囲内で不可解、そしてミステリアスな事件であると報じた。一般の受止め方は神を名乗る人物が催眠術や常識はずれの記憶力などで多くの人を瞞着《まんちゃく》し、信者にしようとしたというものであった。取調べは上代真一警部立会いのもと二班の大坪という刑事によって行われた。

捜査中のバラバラ事件との関連が希薄だったからであり、上代警部も非常識な疑惑を振りかざす気はなく単にバラバラ事件の参考として立会っただけだったのである。大坪刑事は取調べ前からこの事件の異常性と超常性については聞かされていて、ひと筋縄ではいかぬ容疑者であると知っていたため、むしろインテリという噂の高い上代警部が立会ってくれるのを歓迎していた。

教授によって脳挫傷という大怪我をさせられたのは柿崎翔太という二十九歳の男で、意識不明の重態だったにかかわらず事件の次の日には普通に喋れるようになっていた。このあと彼は法廷に被害者として出廷することになるのだが、その頃には全快していたのである。取調室では、柿崎翔太の現在の状態を教授に告げてから、大坪はなぜ彼をあんな目に遭わせたのかと訊ねている。

「あの男はわしを教祖に仕立てて宗教法人を作り、自分は理事長になろうと目論んでいた。あれはそういう男だ」教授は表情を変えることもなくそう言い捨てた。

「そんなことを、どうして知っているんですか。いやいや」大坪刑事は話題が超自然現象に及ぶことを怖れ、あわてて質問を変える。「たとえそれをあなたが誰かから聞いて知っていたとしてもですよ、自分は宗教法人などは作らないと言って断ればすむことだったんじゃないんですか」

「それが、そうではないな」教授は大坪の頭上を越えた宙空に飛んでいる何かを追うように眼をさまよわせながら言う。「あの男はわしがたとえそれを断ったとしても、自分勝手にそれをやるつもりだった。つまりわしを神だと信じている人間たちを集め、教団を作って自分はその理事長になり、大勢でわしをつけまわし取り巻いて信仰の対象にする気だったんだ。つまりはわしを単に祀りあげるだけで、信者からは金を取り、金儲けをするつもりだった。だからわしはあの男に、二度とそんな気を起させぬよう、少しいやな目に遭わせた。あれは彼にとっては、二度とわしに近づこうとは思わぬほどのいやないやな苦痛だったと思うよ」

「わかりますがね」大坪は嘆息する。「でもやはり、あれはやり過ぎでしょう。脳挫傷ですよ。下手すればあの男、死んでいたかもしれない」

「それはあり得ない」教授は断言した。「死なぬ程度にやった。わしにはやり損なうということがないんだよ。どの程度の負傷かは計算した上でのことだ。だから今ごろあの男はもう意識を取り戻している筈だし、全快するのは間違いなく明日の午後二時だ。検事はあの男を被害者として法廷に喚問するが、その時にはもう心身ともに正常だ」

「ではあなたは、自分が柿崎翔太氏に脳挫傷を負わせたこと自体はお認めになるわけですね」大坪刑事はこの取調べが早く終りそうなことを喜ぶような微笑で確認する。「それはつまり、あなたが自白したということになりますが、それでいいんですね」

「いいよ」

壁際の椅子に掛けてこの取調べを傍聴していた上代真一警部は教授に、栗本健人のことや片腕のパンのことなどを切実に訊ねたかったのだが、取調べている大坪刑事の立場を慮って自粛した。大坪はあくまで二班の刑事なのだ。バラバラ事件のこととの関連などややこしい質問で困らせるのも気の毒だったし、何よりもおかしな質問で大坪から警察官としての良識を疑われることは避けたかったのである。その捜査はこの一件が落着してからでも続けることができるだろうからと判断したのでもあった。彼はゆっくりと立ちあがり、大坪に言う。

「では、送検の手続きをしたまえ」

検察庁でこの事件を担当することになったのは新井信吾という三十四歳の検事だった。彼は本来狷介な性格だったのだが、そう思われないよういかにもユーモア感覚に満ちた人間のように振舞っていた。だが、彼の冗談で皆が笑うのはそれが面白いからではなく彼が怖いからだった。公園での傷害事件を警察から届いた書類で一見し、自分を神だと称しているこの男を精神病として不起訴にしたりすれば僅かながらも自分の経歴に傷がつく筈と思った彼は、彼を佯狂《ようきょう》であると判断することにした。そうすれば軽微ながらも有罪判決が出されるのだ。だから彼は教授が送検されてきてその取調べを行った時も、このおかしな眼つきの教授を誇大妄想狂を装っている男として扱い、単に傷害事件の犯人であるだけと決めてかかり、教授の言葉にいちいち驚きの反応を示すこともなく、いつものように鋭く問い糺すこともなく、ただにやにや笑いを続け、そして彼を佯狂と断じる根拠のみ求めて教授の発言の中からただひたすら落しどころをのみ探り出してはメモしていたのだった。それでも自分を「神に近い存在」だと主張し続ける以上は刑法上の責任能力が問題になってくるので、教授を精神鑑定にまわさざるを得なかった。

　精神鑑定医の桜木道郎は怜悧な男で、新井検事とはさまざまな事件を通じて顔見知りでもあり、新井がどんな診断を求めているかは教授の精神鑑定を行うまでの二度ほどの電話で悟っていた。だから教授を面接した際には、自分は神であるという誇大妄想を除けば、彼に善悪の判断などの責任能力があるかどうかだけを鑑定すればよい筈だった。桜木は新井検事同様、超自然の存在であることを主張する教授の発言を佯狂と看做し、鑑定の時間のほとんどを常識問題や心理テストに終始したのだった。通常は精神異常を装っている者を見破るなどプロの精神鑑定医にはたやすいことであり、四十七歳のベテランである桜木道郎にとっては尚さらだった筈なのだが、桜木にはどうしても彼を佯狂と決めつける根拠が見出せず、良識的に神がこの世にこんな姿で出現する筈がないと結論するしかなく、テストの結果だけを鑑定書に書いて検察に送った。たとえこのような被告であろうと、今までの経験から精神鑑定が裁判にさほどの影響を与えることはないと彼は踏んだのだ。オウム真理教事件のように多数の死者が出ているわけでもない。新井検事は教授を起訴した。

　いかに誇大妄想に冒されているとは言え、教授が起訴されたとあっては大学側でも抛ってはおけず、結野教授の親類縁者の存在がまったく不明ということもあって大学の事務局は日弁連に連絡をとり、こういう事件が得意な弁護士を選んでくれるようにと依頼した。選ばれたのは瓶子《へいし》孝明という弁護士資格を取ったばかりの二十九歳になる新米弁護士だった。ベテランの弁護士たちは検察側が佯狂を主張するであろうと想像し、被告の主張や意志を無視し、教授を神と信じている多数の人から嫌われてまで彼の誇大妄想を証明しなければならぬ弁論を厭がったのである。

「申し訳ないんですがね」瓶子孝明弁護士は教授と面会した際に蒼い顔をして、まず詫びた。「あなたを無罪にするためには、あなたが精神障害であると主張しなければならないんですよ」

「構わんよ。そうしなさい」教授はこの若い弁護士に、いつになく優しい口調で言った。「この裁判はわしが佯狂か本物か、それともそのどちらでもなく真に神のような存在なのかを争う裁判ではなく、単に暴行傷害を行ったかどうかを争う裁判なんだからね。わしはもう自白しているから裁判は君の負けに終るが、君はそれを恥じる必要はなく、わしを神のような存在だと信じている人たちからは、検事に比べたらずっと真摯な姿勢でよくやったと、むしろ支持されるだろう」

高須美禰子は毎日のように教授のマンションに行き、衣類を洗濯し、時にはクリーニングに出し、留置場に着替えを届け、汚れものを受け取っては帰るという往復を続けていた。それは美大の授業に優先されることだと彼女は思っていたが、暇な時間があってもなんとなくキャンパスには足が向かず、留置場の帰りにはあの公園に立ち寄って、教授と並んで掛けていたあのベンチに座り、物思いに沈むのだった。たまらなく教授に逢いたかった。あの三日間の出来事はもはや思い出に過ぎなくなっていることが悲しかった。今はもうほとんど誰もいない公園は寂しく、時どきは涙が出た。

「あら、あなたはいつも先生と一緒にいた人ね」その日の夕方、少し泣いたばかりの美禰子の前に立ったのは、あの三人の主婦たちの中でもいちばん年嵩の伊藤治子だった。「あなた、先生の裁判には勿論、傍聴に行くんでしょう」

あっ、と声をあげそうになり、美禰子は急いで頷く。そうだ、裁判というものがあったのだ。「はい。でもあの、傍聴したいんですが、どうすればいいのか」

「告知されてから傍聴券を貰えばいいんだけど、先生の裁判は傍聴希望者がずいぶん多い筈だから、傍聴券を貰うための整理券が出ると思うわ。抽籤で傍聴券が貰えるの。あまり早く行っても駄目みたいだしね」少し悲しげな顔で美禰子を見つめながら伊藤治子はそう言って少し近づいてきた。「あなた、先生の生徒さんね。わたしたち、先生の無罪釈放を求めて集って『静かなデモ』したりやなんかしてるんだけど、あなたはどうなの。そういうこと、やる気あるの」

「わたしはあの、先生の言いつけで、着替えを持って行ったり、それからあの、洗いものを貰って帰ったり」

「まあ。そんなことしてるの」伊藤治子が眼を丸くした。「そうよねえ。誰かがそれやらなくちゃねえ」彼女は何度も頷く。それから少し暗くなってきた空を見あげた。空のあちこちを見まわすようにしてから、また美禰子の顔を見つめた。「あなたは先生が神様だということを、いや、違うか、先生が神様に近い存在だということを、信じてるの」

美禰子は治子の顔をしばらく睨んだ。唇を噛み、そして問い返した。「あなたはどうなんですか」

治子はああ、と、天を仰ぐ。「そうよね。信じてるなんて、言いにくいわよねえ」含み笑いをして、美禰子の顔を見返す。

ふたりの心の思いが一致していることを二人は同時に悟る。ふたりはしばらく沈黙したのち、莞爾として治子が名乗り、相変わらず真面目な顔で美禰子が名乗った。

「あなたは下宿してるの」何やら思いついた様子で治子は急いた口調になった。

「いいえ、ワンルーム・マンションです」

「それなら、ちょっと私の家に来ない。わたし、独り住まいなの。これからのことでいろいろお話ししたいし」

夕食を共にしようということであろう、と美禰子は理解した。「あの、これからのことって」

「だから、これからの先生の裁判にわたしたちがどうかかわって、どう対処するかってことよ」

この人はインテリのようだ、治子の口調から美禰子はそう判断した。「わかりました。お邪魔します」

美禰子が連れて行かれた伊藤治子の家は一軒家だった。結野教授から注意されているにかかわらず、彼女はあいかわらず勝手口の鍵を掛けぬままで外出していた。

大法廷

1

通常、大法廷というのは最高裁判所の大法廷を指すが、この地方裁判所にも百三号という、大法廷と呼ばれている法廷があった。裁判所は結野教授の裁判当日、おそらくは収容人数の何倍もの傍聴希望者が押しかけるであろうと判断したため、通常は民事裁判が行われるこの大法廷で開廷することにしたのだった。開廷直前には、優先的に記者席として傍聴席を貰える記者が遅刻したための空席を除き、九十八席すべてが埋まっていた。

裁判長は高田孝四郎という五十六歳の人物で、彼は二年前、無罪の被告に有罪判決を言い渡した失策があった。判決後に真犯人が現れたのだ。だから二度と過ちを犯せない立場にあった。今度何か大きなしくじりをやった時には、例えば定期異動という名目での家裁への異動といった降格人事の罰を受けるかもしれず、それをひどく恐れていた。

教授は腰縄をつけられ、手錠をはめられた姿で刑務官二人に挟まれ入廷した。裁判長が入廷すると誰の指示というのでもなく全員がなんとなく立ちあがり、なんとなく一礼し、なんとなく着席した。裁判長から開廷の宣告があり、まず被告人が人定質問のため証言台に立たされる。この時にはすでに腰縄、手錠ははずされている。教授は法廷中央の証言台に立ち、裁判長と向きあった。教授のななめうしろの椅子に刑務官が一人掛ける。傍聴席に背を向けているので、三列目の席にいる高須美禰子には教授の顔が見えなかった。

裁判長は被告がどのような者であるかを前もって知らされていたため、教授のさまよう眼と落ちついた態度を見てひどくいやな気分になった。大勢の傍聴人の前で恥を掻くことになるのだろうと予期していたのである。「まず、お名前を」やや尊敬の念を籠めて裁判長は言った。大学教授だからこの程度の丁寧さはあってもよいと考えたのだった。

教授は答えた。「名前は、ない」

廷内がどよめいた。

高田裁判長は苦い顔をした。こういう種類の答えがあることは知っていた。どう対処するかもわかっていたが、念を押すだけの対応が自分でもひどく馬鹿馬鹿しく感じられた。彼は机上の書類を見ながら言う。「あなたは結野楯夫という名前じゃないんですか」

「結野楯夫はわしが身体を借りている存在に過ぎない」

被告がそう言うであろうことも裁判長はすでに聞かされている。冒頭手続きを早く終らせるためもあり、左右の陪席裁判官たちや事務官や書記官や速記官、検察官や弁護人、さらには傍聴人たちからも絶対に軽蔑されたくない彼は揶揄的に訊ねた。「では今後、この法廷であなたを呼ぶ時は、どう呼べばいいんですかな。あなたは自分を神様だと主張しているように伺いましたが、神様または神と、そう呼ばなければならんのですかな」

「神というのはお前さんたちが勝手に作って勝手に想像しているだけだからね。実際にはお前さんたちの想像している神とはだいぶ違うよ」

裁判長はわざと不審げな表情を作って訊ねた。「神という呼び方が正しくないとすればですな、いったいあなたをどのように呼べばよろしいんですかな」

「トマス・アクィナス君などは『在るところのもの』なんてややこしい言い方をしておるが、これは名詞ではなくてむしろ説明だ。ダマスケス君は『在るところのもの』という名称は固有なしかたで神が何であるかを意味表示しているのではなく、実体の無限の広がりを示しているのだと言っている。しかし無限のものは把握できないし、だから名付けることもできず、知られざるものなんだから、この『在るところのもの』は神の名ではないなどと言っておる。だから別段『神』でもいいよ。実際にはわしは神などよりずっと上位の存在なんだが、『神』がいちばん実体に近いからね。しかしこんな人間みたいな姿かたちをしておる者に向かって『神』とか『神様』とかは呼びかけにくいだろうから『ＧＯＤ』でいいんじゃないかな。これはキリスト教の神様のことだから同じ意味になるかもしれないが、日本語の不自由さを批判するためのメタ言語として外国語があるわけだからね。それに『GOD』は実力者や権力者や顔役を茶化したり揶揄したりする意図もこめてよく使われているから呼びやすいだろう」

裁判長は長い陳述が終り、自分がそれを何とか理解できたことにほっとして、わざとらしく微笑した。「ではGOD、あなたの本籍地や住所、それに年齢などの質問に対しても同じような答えが返ってくると思われますから、あなたのような人物が被告であった場合はしかたがないので、冒頭手続きを一部省略して人定質問はこれで終り、さっそく検察官の起訴状朗読に移ります。GODはお掛け下さって結構です」

ここでひと言お断りしておくが、作者は以後、これまで書いてきた「教授」という人称を改め、本篇主人公の意志通り「GOD」と書くことにするので、読者におかれてはそうご承知願いたい。しかし絶対に彼をGODなどとは呼ばないぞという決意とともに、裁判長に促された新井信吾検事は自席からゆっくりと立ちあがった。刑務官を背後にして証言席に掛けているGODを真横から睨みつける形で彼は起訴状を読みあげた。事件が起った日時と場所を述べたあと、被告人結野楯夫は集った人たちに自分を神だと信じ込ませるためのさまざまな奇術的行為を行い、その際に被害者柿崎翔太が自らを信者第一号にと頼んだのを、いずれは自分が宗教法人を設立しようとしていた結野楯夫は、柿崎がこれを邪魔しようと企んでいるのだと思い、暴力をふるって柿崎翔太に意識不明に陥るほどの脳挫傷を負わせたものであること、つまりは傷害罪が成立するものであることを立証するとして朗読を終えた。

罪状認否に入る前、高田裁判長はふたたび証言台で立ちあがったGODに対して、被告人には黙秘権があること、答えたくない質問に対しては答えを拒否することもでき、また被告人が本法廷で述べたことは被告人に有利な場合も不利な場合も証拠として用いられることなどを告知した。

そして裁判長が訊ねる。「ではGOD、あなたは今検察官の述べた公訴事実を認めますか。あるいはまた、公訴事実に対して何か言い分がありますかな」

GODはまるで無感情に言った。「否認する。わしは罪を犯してはいない」

被告の自白があったことをすでに知っている裁判長は少し意外そうな顔をした。自白があった場合はここで弁護人が情状酌量のための弁舌を振るうことになるのだが、言い分があるかと訊ねて被告が無罪だと言う以上はその理由を被告に語らせる必要があった。「あなたは暴行傷害をすでに自白していますが、それでも罪はないと言うんですか」

GODは言う。「暴行傷害は認める。しかしそれは罪ではないんだよ。わしには罪というものがない。わしには善があるだけなんだよ。同様に、罰というものもない。罪も罰もお前さんたちが自分たちで勝手に決めて勝手にやっておる」

裁判長は金魚のようにこころもち口を上に向け、大きく呼吸した。「あの、GOD、それではあなたは、あなたのやった暴行傷害も善だと言うんですかな」

「そうだよ。すべての善はエイドス的に内在する善性によって善と言われる。作用的善、目的的善、類型的善によってわし自身がエイドス的にそれ自体が善である善性によって善なんだからね。つまりは、わし自身が善そのものなんだよ」

法廷が静まり返った。

高田裁判長は今や懸命に頭を働かせた。この法廷の全員が自分の反応やいかにと見守り耳を澄ませている。ここでおかしなことは言えない。彼はゆっくりと、嚙んで含めるような言い方をする相手ではないにかかわらず、法廷全体を納得させようとするような言い方で喋った。「とにかくあなたは自分の暴行傷害だけは認めた。それが善であるか悪であるかの議論は証人尋問での検察官の主尋問や反対尋問、さらには弁護人の主尋問や反対尋問の際、大いにやっていただくことになるでしょうな。ではGOD、とりあえずいったん被告人席へお戻りください。そして検察側はさっそく証人尋問に移ってください」

新井検事は証人として被害者である柿崎翔太を喚問した。彼は傍聴人席ではなく、証人控室にいたのだ。今日はあの薄いサングラスをかけていない小肥りの柿崎翔太が、なぜかひどくおどおどした様子で入廷し、証言台に立ち、宣誓した。検事はやさしく椅子に腰掛けてもいいと彼に告げ、彼がさっそくそうしたのを見届けてから主尋問に入る。名前、年齢、住所を訊ねてから検事は言った。

「あなたは結野楯夫という人物から傷害を受けましたね。ずいぶんひどい傷害で、検察は脳挫傷だったという病院からの報告を受けています。その結野楯夫という人物が本法廷にいるならば、指してもらえますか」

柿崎は今や彼が非常に怖れている人物をうわ眼で見ながら、右手をまっすぐ伸ばすのではなく、肘から曲げるようにし、軽く突つくような動作でGODを指した。

柿崎の様子を見て新井検事は笑顔を作り、宥めるように言った。「いやいや。怖れることはありません。被告は神様でもなんでもなく、ただの人間ですから」挑発的な口調でそう言ってから、彼は尋問を続ける。「ではその時の状況を話してください。あなたは被告に、被告を教祖にした宗教団体を作ろうと持ちかけたんですね」

「ええ。まあ、そうです」

「それを大勢の人が見ていましたね。そのあと、被告のとった行動を話してください」

柿崎は苦しげに顔を歪めた。何かを思い出そうとするかのように身を捩り、絞り出すように言う。「それが、よく憶えていないんです。気がついた時は病院でしたから」

「大勢の人が見ています」と、検事はくり返した。「被告はあなたの額を指さきでぴんと弾いただけだったと多くの人が証言していますが、あなたにはその時の自覚はなかったんですか」

「はい。あのう、何だか指さきが近づいてきたような記憶はあります」

「しかし、指さきでぴんと弾いた程度で、あなたのような症状には通常ならないでしょう。

恐らく被告による集団催眠的な施術で、大勢の人がそのように思ったのだと思いますが、あなたは被告がなぜそのようなひどいことをしたのだと思いますか」

「わかりません」悲しげに、柿崎はかぶりを振る。

「気がついた時、あなたの気分はどんな具合でしたか」

「なんだか、いやないやな気分でした」彼は突然大声で訴えはじめた。「わたしはただ、先生のおっしゃることに深く感銘を受けて、先生にどこまでもついて行こうという純粋な気持から宗教団体を作りましょうと提案しただけだったのに。それはもうあの、純粋な、純粋な気持から。それなのになんで、なんでこんないやな目に遭うのか。なんで」泣き出した。

検事は被害者を宥め、彼に同情し、すべて彼に質問する形で、額を指先でぴんと弾いたくらいで彼が受けたような症状には至らないであろうと暗示し、それを証明するためには彼を診察した多くの医師を何人でも証言台に立たせることができると強調し、とにかく被告自身が彼に傷害を与えたことを認めているので、これ以上の証言は不必要であると断定し、主尋問を終えた。

次いでＧＯＤのうしろの席にいる瓶子孝明弁護士が反対尋問に立った。彼が若さによる情熱をけんめいに押さえつけようとしていることは明らかだった。落ちつこうとして彼はわざとゆっくり喋り出した。「柿崎翔太さんでしたね。あなたのご職業をおっしゃってください」

柿崎は一瞬のためらいのあと、やや誇らかに言った。「イベントのコンサルタント会社を経営しております」

「ほう。それは主にどんなイベントですか」

「いろいろなイベントです」

「わたしどもの調査では、あなたはあなたの会社の社員である部下二名と共に、主に合コンのプロデュースをなさっていますが、そうなんですか」

「裁判長」新井検事が少し慌てた様子で立ちあがった。「異議を申し立てます。弁護人はなぜか本件と関係のない質問で時間を浪費しているように見受けられます。裁判長からご注意を願います」

「裁判長」ここで瓶子弁護士は若さを剝き出しにした。「弁護側は、被害者がいったいどのような職業心理からGODに対して、ああ裁判長、わたしもまた裁判長に倣い、被告をGODと呼ばせていただきますが、何故GODに接近しようとしたのか、その意図を被害者の過去の職業歴から判断し、明確にしようとするものです。どうか検察側の異議を却下願います」

眼を丸くして弁舌を振るう瓶子弁護士の様子に苦笑しながら、裁判長は言った。「異議を却下します。弁護人は質問を続けてください」

「ありがとうございます」裁判長に一礼し、瓶子は柿崎に向き直った。「その合コン、つまり結婚したい男女にその機会を作るための、コンパを主催する、という仕事をなさっているわけですが、あなたは過去に一度、その合コンに参加した女性から訴えられましたね。さいわい示談で収まったと言うことですが、そのいきさつをお話しください」

「あれはその、とんでもない誤解で」柿崎は突然呂律がまわらなくなったように不明瞭な発音で言う。「誤解でした。あのう、あの女性はいかにもわたしがその、集めた金の多くを着服したように思い込んで」

「えっ。それは事実、着服したんですか」

「それはもちろん、会社としての利益は利益率分だけ貰っていますが、決して法外なものではなく」

「多額の会費をとり、それに見合わぬ貧弱な合コンであったという理由での訴えではありましたが、訴えのもうひとつの理由は、あなたが会員である特定の女性何人かと性的交渉を持った、訴えた女性もその被害を蒙ったというもので、被告は恐らくそれがあなたの主目的であり、つまりは多くの女性と知りあうための合コンのプロデュースだったのであろうという」

弁護士が喋り続けているさなか、柿崎翔太はうわっ、と声をあげて泣き出した。「反省しています」彼は立ちあがった。証言台の柵に手をかけて時には身を反らせ、時には身を大きく前後に揺すり、時にはGODの方へ身を乗り出し、彼は泣きながら大声で言った。「おっしゃる通りです。わたしは合コンをプロデュースして金儲けや女性との性交渉を企みました。

そこにおられる神様を担ぎ上げて新興宗教の団体を作り、自分はその理事長になって大儲けをしようとしました。そしてわたしは神様からそれをたしなめられた。はいっ。たしなめられたのです。わたしは自分のした悪いことを思い知らされました。もう、もう、あんないやな思い、吐き気のする自分への感情、あんな思いはもういやです。自分というものがもういやでいやでいやで。実は今の今までそんな自分を誤魔化そうとしておりました。この期に及んでまだその気持を表わせずにおりましたのですが、今ではもう深く深く後悔しています。わたしのしたことすべては自分の欲望のためでした。なんて嫌らしいやつだ。嫌らしいやつなんです。わたしは自分の真っ黒な真っ黒な底の方にあるものを見せられたのです。自分の過去から現在までのすべてのいやらしいいやらしい行為を見せられたのです。そこにおられる神様がそれを見せて、わたしの本当の姿を教えてくださったのです」彼はＧＯＤに向って両手を合わせ、何度も頭を下げた。「ありがとうございました。わたしは悪いやつです。どうかわたしに罰を与えてください。すみません。すみません」

自席で苦い顔をしている新井検事の方をちらりと見てから、瓶子弁護士はやや誇らしげに言った。「証人はだいぶ興奮しておりますが、わたしの意図した彼の行動の原因を知ることはできたと思いますので、これで反対尋問を終ります」

高須美禰子と並んで掛けている伊藤治子は思わず拍手しそうになった。みごとな尋問だと思ったからだし、柿崎翔太が心から反省しているのもＧＯＤの力によるものだと確信したからでもあった。誰も拍手しようとしないのが不満だった。

「検察側からは、証人に向けてさらに尋問することはありますか」

裁判長が訊ねたので新井検事は立ちあがって答えた。「特にありません。こういうのは被告の得意な催眠術的効果によるもので、証人の今までの言動からも、彼は特に暗示にかかりやすい性格だと思われますので」

「では、証人は退廷してよろしい。次は弁護側からの証人を喚問してください」

柿崎翔太は泣きながら退廷し、次いで弁護側の証人である、結野教授の同僚、横山禎三教授が喚問された。証人控室から出てきた横山教授はよく肥っていて結野教授と同様にきちんと三つ揃を着、人が良さそうにも見え、やや臆病そうにも見える青い瞳に真ん丸の眼をしていた。彼の父親がドイツ人だったのである。宣誓を終え、証言席に腰をおろした横山教授に、瓶子弁護士は型通り氏名、年齢、住所を質してから主尋問を始める。

「あなたは被告と同じ大学で美学概論を教えていらっしゃいますね。被告とはどういうご関係でしょうか」

横山教授は柿崎とは対照的な落ちついた深い声で答える。「大学ではいちばん仲の良い友人です。年齢が近いせいもあって、よく一緒にレストランへ行って、遅くまで飲んだり喋ったりしておりました」

「被告が公園で暴行傷害に及んだ、あの現場にもおられたんですよね」

「あの日は結野君のことを聞いて、心配して他の同僚と公園に行っておりましたが、人が多くて遠くから眺めておっただけですので、実際にどのような行為が行われたのか、詳しくは目撃しておりません」

「被告は普段から、人に脳挫傷のような重傷を与えるような乱暴な行為をする人物だったのでしょうか」

「とんでもありません。彼は紳士でした。暴力どころか乱暴な口をきいたことさえ、私の知る限り、ありません」

「結野教授はあなたにも、自分のことを神を越す存在であるなどと言ったことがありましたか」

「彼はそういう非常識なことを言う人間ではありません。いや。ありませんでした。いったいいつからそんなことを言うようになってしまったのか」横山教授は被告席のGODを心配そうに、そして悲しげに眺めた。「実に気の毒なことです。今見ている結野君の様子も、まったくいつもの結野君のようではありません。実に、心が痛みます」

「では横山先生。結野教授がこのような状態になってしまったのは何が原因だと思われますか。何かお心当りがおありでしょうか」

「結野君は四年前、奥さんを子宮癌で亡くされています。あの時はずいぶん気落ちした様子で、傍で見ているのも気の毒なほどでしたが、その後次第にもとの明るさを取り戻していかれたように見えていました。まあ私の心当りと言えばその程度のことでして、やはりあの時から人知れず狂気が進行しておったのかと。今にして思えばそう思えなくもないと思い到る程度に過ぎないのですが」

瓶子弁護士は新井検事から医師でもない証人に病歴を推測させていると異議を挟まれるのを恐れ、それ以上は訊ねなかった。主尋問が終り、検事の反対尋問が始まる。

「横山教授。被告は西洋美術史が専門だったわけですが、どうでしょう、古典的な西洋美術にはしばしば神話や聖書から題材を得たものが多いと思うんですが、美術史を教えるにはそうした知識も必要だったのではないでしょうか」

「それは勿論、必須の知識です」

「あなたは被告とよく飲んだり喋ったりなさったそうですが、そういう場合、そんな話題になることもあったのではありませんか」

横山教授は急に座り直すような素振りを見せた。「それはまあ、話の端端に出たことがあったかも知れません。しかしそんなことは抜きにしても、神話や伝説、それに聖書などの知識は、教えるかどうかにかかわらず、そしてまた対象にしている美術が古典的か現代的かにかかわらず、美術を学ぶ者にとっては必要不可欠な教養なんです。だから雑談の際殊更にそれを話題にしたかどうかもほとんどわたしが覚えていないのはそういうわけなんです。つまりもう、問題ではないんです」

「横山教授」新井検事は机にぐっと身を乗り出した。「被告の症状は自分を神とか神以上の存在だとか主張する、誇大妄想的なものなんですが、今あなたがおっしゃったような、ほとんど問題ではないほどにまで身についてしまっている知識によって、そういう知識がない者よりもずっと、被告が狂気を装うことはたやすいのではないでしょうか」

横山教授は検事の質問の意図を知って眼を大きく見開き、ＧＯＤと検事を二、三度見比べた。「つまり、彼のは佯狂であると」彼は大きくかぶりを振った。「それは考えられません。彼がそんなことをする必要は、どこにありますか。そもそも彼は狂気を演じるなどということのできる人ではありません」

新井検事は苦笑してまあまあと手を伸ばした。「私の質問はそういうことではなかったんですが、まあ、いいでしょう。被告人に神話や聖書の知識があったことさえわかればいいんですから。わたしの反対尋問はこれで終ります。次に検察側の証人として、桜木道郎氏を喚問します」

横山教授が控室に去り、入れ替わって精神鑑定医の桜木道郎が慣れた様子で証言台に立ち、宣誓した。

「どうぞお掛けください」氏名と職業を訊ねてから検事は医師を座らせた。「あなたは被告人結野楯夫の精神鑑定をなさいました。その結果わかったことについて、簡単に述べてください」

桜木は不必要なまでに自然体を装い、これくらいの変な患者とは日常的に遭遇しているのだと強調するかのように、のんびりと喋りはじめた。「まあ、被告は見た限りでは誇大妄想、そしてその延長上にある宗教妄想、さらには憑依妄想に罹患しているように見受けられます。用語の説明をしておきますと、誇大妄想は躁病の人によく見られるもので、自分には大いなる知識や教養があるという自分の過剰評価や、自分はどこそこに広大な地所を持っている、または銀行に大金や金塊や巨大ダイヤモンドを預けているといった非現実的な思い込みをしている症状です。さらにこれが極端になってきますと宗教妄想が起ります。つまり自分が人間の姿を借りた神の化身である、あるいは神からその能力を授かった救い主である、あるいはまた予言者であるという妄想です。こういう妄想を周囲の人たちが信じた為に、そこから出発して新興宗教の教祖になってしまうという例もあります。憑依妄想は自分のからだに神や悪魔や動物の霊などが乗り移って自分の行動をあやつっているという妄想です。こうして考察していきますとこれらすべてが、まさに現在被告人の示している症状であることがわかります。しかしながら、一方で被告人の心理テスト、常識テスト、知能テストなどを行った結果は、これは実に彼が何らかの妄想に罹患しているという診断を真っ向から否定できるものでありました。その知識量は膨大、知能テストでも過ちはひとつとてなく、常識、良識のあるこのような人物が精神障害、しかも常識や社会通念に反して自分は神を越す存在であると主張するなどとはとても思えません。ゆえに私《わたくし》の所見は、被告人は何らかの理由によって狂気を装っている、絵に描いたような宗教妄想の患者を演じている、つまり佯狂であると判断せざるを得ないのであります。以上がわたしの所見です」

「ありがとうございました。では、これは確認になりますが、現在被告人があのような眼をしているのは、本人の弁によりますと、憑依した人物が遍在している神の視点に吃驚仰天してあのようにふらついているということですが、これについてはどういう解釈が可能でしょうか」

「これはですね、まあ、ある程度の演技力は必要になってきますが、半ばは自己催眠によってあのようにのべつ自動的に眼球を動かし続けるというのは可能だと思います。これはある種の職業の人や役者などにも可能な行為ですから」

「よくわかりました。ではこれで私の訊問は終ります」

新井信吾検事は充分満足そうに頷き、一礼して着席する。すぐに瓶子孝明弁護士が立ちあがった。

「桜木先生」瓶子は真面目さと真摯さをあらわして質問した。「先生は今の証言の中でさまざまな妄想の病名、症例をお話しくださいましたが、専門外である私が知るところによると、その他にも関係妄想、願望妄想、恋愛妄想などという病気があるそうです。私見によればこれも被告人の症状に関係があるのではないかと思うのですが、これらについてご説明いただけますか」

何か落し穴があるのではないかという疑念をあからさまにしてしばらく考えてから、桜木は答えた。「関係妄想は他人の言葉をいちいち自分に関係づけて、自分のことを言ったのではないか、テレビが今言ったのは自分の悪口ではないかなどと、自分が被害を受けているように捉える、主に被害妄想と言えるもので、ご承知と思いますが統合失調症に特有の症状で、最も多くみられるものです。これらの妄想を持つと人格の崩壊にまで到ることがあります。なのでこうしたことから考えるとこのような妄想は被告とはまったく無関係と考えられます。それから願望妄想は、そもそもが空想的で自閉的な性格の人にあらわれるもので、受刑者にあらわれる赦免妄想などというものがあります。自分に有利に願望が実現するという妄想です。恋愛妄想もこのひとつでしょうね。事実そんなことはないにかかわらず、テレビに出ているあの出演者が自分を愛している、あるいはその人と自分が愛し合っていると思い込んだりするものです。別名被愛妄想とも呼ばれていますが、勿論これも被告人が見せる妄想とは無関係と考えられます」

「その被愛妄想についてですがね」瓶子弁護士が慎重に言葉を選ぶ様子で訊ねた。「これは職業柄、私もよく見聞きするところです。ある作家が自分と結婚していて、自分はその作家の子供を産んでいる、だからその子を認知せよなどと作家のところへ書類を送りつけてくる女性が現実に存在します。また、あのテレビ・タレントは自分と結婚の約束を交しているにかかわらず、周囲がそれを邪魔していて結婚することができないなどと訴えてくる女性もいます。こうした人たちは世間一般に、どれくらいいるんでしょうね」

「さあ。何しろ統計がないのでなんとも言えませんが、しばしば見聞するところから思うに、一般の常識人にまぎれている場合も含めて、相当多いのではないでしょうか」

「実はですね、この女性たちはそうした妄想を別にすると、まさに今先生がおっしゃったように、普段は一般人と同様なんの支障もなく日常生活を送っているんですよ。さっき申し上げた、自分の子供の父親はあの作家だと主張する女性はホテルの従業員で、その優秀さから顧客部長という責任ある地位におります。またテレビ・タレントと愛しあっているという妄想を持つ女性は普段は堅実な銀行員で出納係です。そしてこれら二人の周囲の者たちは、彼女たちの異常な妄想をまったく知らなかったらしいのです。こういうことから考えて、例えば被告のように頭脳明晰、知能優秀であったとしても、一方で自分は神以上の存在だとする妄想だけを強固に持ち続けている場合もあるのではないでしょうか」

被告が頭脳明晰、知能優秀であると言ったことを逆手にとられたと知って、桜木医師はいやいやいやとかぶりを振りながら何かを引っ掻くように指さきを動かした。「誇大妄想と被愛妄想とはまったく違います。そもそも被告人は被愛妄想を装っているわけではないのですから」

「装っているのではなく、真実何らかの妄想に囚われているのではないかというのが弁護人の判断です。それに、誇大妄想の患者の中にも、他人の前ではその誇大妄想を隠すことができて通常の生活を送っている者もいると言います。二重見当識と言うそうですがね。もちろん被告の場合は誇大妄想を隠してはいないわけですからこれには当て嵌まらないとは思いますがね。そこで改めて伺います。エホバ・コンプレックスという複合観念があると聞きました。自分がこの世界を救うのだという決意のもとに生まれるコンプレックスつまり複合観念だそうですが、被告がこの複合観念によって自分を神だと確信しているという解釈は成り立ちませんか」

「ああ。それは」いかにも素人の言いそうなことだと言いたげに桜木医師は大っぴらに苦笑して見せた。「アメリカという国そのものがエホバ・コンプレックスに罹っているのだという意見を述べた学者がいましたね。でもそれは違います。エホバ・コンプレックスなどという複合観念はありません。そのような用語は正式には精神分析用語として存在しません」

瓶子弁護士は声を大きくした。「頭脳明晰であり知能優秀であるにかかわらず、何らかの妄想に捉えられている患者は、いるわけですね。いる、いない、で答えてください」

「それは、おります」

「質問を終ります」

新井検事が不機嫌に黙って腕組みをしたままなので裁判長は桜木に言う。「証人は退廷してくださって結構です」

桜木は不安そうに新井検事の顔を窺ってから証言台から離れ、退廷した。新井は気分を変えようとするように大きく咳払いした。裁判長は、検察側も弁護側もこれ以上新たな証人は立てないことを両者に確認してから被告人質問に移ることを宣言した。新井検事は立ちあがり、吠えるように言った。

「では被告人は、証言席へ出なさい」

この時までGODは被告人席に掛けたまま身動きもせず、他の者の問答に一度も反応を見せなかった。傍聴人たちが感嘆するほどの冷静な態度であり、それはむしろ異常なほどの、不自然な凝固ぶりとも言えた。だが、検事の声を聞いてすぐ、からだをぴく、とさせてから、GODは立ちあがった。ああ。どこかへ行ってたんだわ、と傍聴席の高須美禰子は思った。でも、先生は遍在してるんだからどこかへ行っていたとか戻ってきたとかいうのはおかしいかもしれない。きっと結野先生のからだを動かすのに、僅かに手間がかかるんだろう、などと思ったりもした。GODはゆっくりと立ちあがり、証言台に立つ。いつもの懐かしい、あの歩きかただと思い、美禰子は涙ぐみそうになった。

新井検事がことさら威厳を保つようにゆっくりと言う。「あなたは、自分のことを神以上の存在であると証言しましたね」

「そうだよ」

検事はにやりとして、ここぞとばかりに皮肉っぽく言った。「で、そう思いはじめたのはいつ頃からですか」

2

「例えばわしが、それは五千億年前だと言ったとする」どんな質問をされるかとっくに承知していた様子のGODが、滑らかに喋りはじめた。「当然、ではその五千億年以前はどうだったのかという議論になるだろう。勿論五千億年以前にもわしと共に宇宙はあった。つまりこれが無限ということだ。無限という観念はお前さんたちにはわからない。なぜわからないかというとこれは人間の悟性の問題だ。ユークリッド幾何学や三次元の空間しか理解できない者に対してわしのことを教えるのはどだい無理なんだよ」

「すごいお話になってきましたね」検事は大袈裟にのけぞって見せた。「しかし私どもの知識では、宇宙の始まりはビッグバンにあったと通常言われております。爆発してそこから膨張が始まったと言われているあれです。これが何十億年前だったのか詳しくは存じませんがね、今あなたが言った五千億年よりはだいぶ後だと思いますよ。じゃあ、あなたはそのビッグバンもご覧になったと言うことになりますね」

「フリードマン宇宙論またはビッグバン仮説は、ある意味正しい。ライプニッツ君に言わせればモナド、お前さんたちの言いかたで言うならプログラムの中に入っておったことだからね。無論わしはそれを見ている。今だって見ておるんだよ」

新井検事はいちいち大きく驚いて眼を見開いたり口をあけたりすると次第に馬鹿に見えてくることに気づいたようだった。彼は眉をひそめた。「えっ。今も見ているとはどういうことですか」

「この宇宙というのは包括的なもんでな、お前さんたち一人ひとりは言うまでもなく、この国、地球、太陽系、銀河系、はるか遠くの星雲、その間にあるブラックホール、他の銀河、それらのすべてがこの宇宙の一部だ。この宇宙の一部にならないような遠くにあるものなんてひとつもない。つまり距離を持つものはすべてこの宇宙に含まれる。距離だけではないよ。宇宙というのは時間と空間からできておるから、時間だってそうだ。無限の過去から無限の未来までの時間はすべてこの宇宙に含まれる。ビッグバンもそうだ。宇宙が生成される以前だからといって、この宇宙に含まれないということはないし、星のすべてが命を失った未来にだって時間はあり、その時間もやはりこの宇宙の一部だ。わしはそうした宇宙のすべてに存在しているんだよ。遍在、ということになるね」

「わお」そう叫んでから今度は一転して深刻な表情になり、検事は心にもなく心配そうに言った。「あのう、私たちだって宇宙の一部分でしょう。それなら、私たちの中にもあなたはいる、ということになりますね」

ＧＯＤは言う。「顕微鏡で人体の細胞などを観察した者には何となくわかるだろうが、人体は無限小だ。一方で宇宙は無限大だ。そしてわしは無限だ。人間はその体内に無限を持っているのだから、わしはお前さんたちの中にいるとも言える」

「だってあなたは、どう見たって人間ですからね」検事は苦笑して見せた。「神は自分の姿に似せて人間を創った、なんて言われていますが、たとえ人間に見えても、やはり神以上の存在だ、と主張なさるわけですね」

ＧＯＤは少しくだけた口調になった。ややこしい話をする時にはかえってくだけた口調になることを美禰子は知っている。「犬の話をしようかな。犬と、描かれた犬は同名異義的と言われるが、しかし描かれた犬は純粋に同名異義的ではない。本物の犬に帰属するから犬と言われる。つまりお前さんたちは本物の犬を見ても、描かれた犬を見てもこれは犬だと言う。しかしそれと同じように、描かれた犬の概念のうちに本物の犬が理解されるというようにはいかないんだよ。わしとお前さんたちともそうだ。犬の姿を知らないなら描かれる犬もない。わしはヒトの姿を自分に似せて創ったんじゃない。神の姿そのものがお前さんたちの貧弱な想像力で創ったもんだってことは、悪魔の姿がやっぱりヒトに似ておることからもわかるだろう。無限の存在である創造主としてのわしと、有限の存在である被造物、つまり創られた人間としてのお前さんたちとの隔たりがアナロギアつまり類比という問題の核心なんだが、確かに人間は超越者としてのわしの似姿だと言われてきた。これが肖像画なら模範型と似姿の間にアナロギアを見つけられようが、わしとお前さんたちとの関係は、見えざるものと見えるものの関係だから、アナロギアなんてものを設定するべきじゃないんだよ」

「はいはい。私たちの貧弱な想像力で私たちは神や悪魔の姿を勝手に創ったと」悪魔という言葉が出てきたので新井検事は喜んだ。メモしていた落しどころのひとつでもあったからだ。「でも、あなたは神の姿そっくりでなくても、もしかしたら悪魔の姿そっくりなのかもしれませんね。つまりあなたは悪魔かもしれないわけで」

この滅茶苦茶な理屈にもＧＯＤは平然としていた。「わしを怒らせようとしてお前さんがそう言うだろうことは知っておったよ。もちろん、悪魔なんてものもない。ついでに言えば、わしは怒らないんだよ」

神様らしくないところを露呈させるには怒らせるしかないと思っていた新井検事は、怒らないと決意したらしいＧＯＤの様子を見て次の手を模索しながら質問を続けた。「じゃああなたは、いったいこの世にどんなご用件で出現されたのですかな。やはりイエス・キリストのような救世主として、宗教団体を作るおつもりなんでしょうね」

「そんなつもりはない。それから、キリストというのは救済者という意味で、固有名詞ではないからね。だからわしはただイエス君と言っておるが」

「イエス君ですかあ」検事が茶化すように言う。「なるほど。イエスは神の子と言われていますからね。つまり彼はあなたの息子のような存在で」

「だからわしは、イエス君の父ではないんだよ。イエス君は違った意味においてそう自称しただけだ」

「ではあなたは、キリスト教をはじめ、既存の宗教を否定するんですね」

「否定なんかしないよ、宗教があるからこそこれだけ人類文明が発達したんじゃないか。それにイエス君は宗教家としては釈迦君、ムハンマド君と並ぶずば抜けた優れ者だ。それは言っておこう」

新井検事はGODの言葉を聞いているうちに何やらまた考えついたらしく、笑いを浮かばせながらちらちらと眼を光らせた。「あなたはずっと人間の言葉で、つまり日本語という人間の言葉で、しかもまるで横町のご隠居さんのような、相当にくだけた言葉で話されていますが、わたしが思うに神以上の存在であるあなたの言葉としてはもっと重おもしく荘重な言葉が適当じゃないかと思うんですがね。まあ、わたしどもに理解できるように話しておられるんでしょうけど、互いに言葉が通じるということこの現象だって、人間と神との類比、あなたの言うアナロギアを示すものではないのですか」

「自分の本質を直感的に知性認識したその結晶としてわしの言葉があるわけだが、その言葉というのはお前さんたちのような主語と述語の結合によって文を作る悟性の操作は必要としない。しかしな、一方では直感的に知性認識を必要とするわしの言葉は、人間的言語による文を特に排除はしないんだよ。むしろ通常の文以上に文の性格を備えていなきゃならないんだよ。ところがわしの場合、ほんとは主語と述語は一致する。だがそれではお前さんたちの経験認識についての悟性の働きに訴えることができない。だからこうして日本語のくだけた言いかたで喋っておるんだ。冗舌や日常的言いまわしも駆使してな」

「なるほど、どんな人間的言語も使われるとなれば、例えばギリシャ語などもお使いになるんでしょうな。それでは今おっしゃったことをもう一度、今度はギリシャ語でお願いします」検事はそう言ってぐっとＧＯＤを睨みつける。

「いいとも」ＧＯＤはすらすらとギリシャ語でもう一度くり返した。

「いやあお見事ですなあ。でも考えてみれば美術大学の教授にギリシャ語ができるのは、別段不自然ではないでしょうね」

「だったら、スワヒリ語はどうかね。よければ喋ってみせるが、お前さんがギリシャ語で喋れと言ったのは、お前さんに貧弱ながらギリシャ語の知識があるからだ。しかしわしがスワヒリ語を喋ったところで、それが正しいのか出鱈目かお前さんはもとよりこの法廷内の誰にも判断できないだろう。この裁判所にスワヒリ語の通訳がいることは知っているが、呼んでも無駄じゃないかな。他の存在する限りの言語もわしは話せるからね。お前さんに判断できるのはあと、英語、ドイツ語、フランス語だけだ」

「いやあ、おっしゃる通りで」新井検事は珍しく、いかにも打ちのめされたという態度を見せて頭を下げた。「あなたには敵いませんなあ」

「お前さんは今、無知の知を誇っておるが、それはまだクザーヌス君の言うような、神を対象とした無知の知ではないな」

　刑事コロンボのようにへりくだって見せる技術が自分に向いていないことを悟り、新井検事はまた背筋を伸ばした。「ではまた質問に移る。先ほどあんたは、救世主として宗教団体など作るつもりはないと言った。しかしあんたがあんたの言う通りの存在なら、あんたの使命はやはりこの世界を救うことにある筈だ。ところがだな」検事はポケットからメモ用紙を取り出し、眼を細めて眺めながら質問した。「過去十年間にこの地球上で、災害によって死んだ人は何人になるか知っているかね」

　無論メモなど見ることもなく、ＧＯＤはすらすらと答えた。「百五万九千九十七人だ」

　検事はメモを見なおしてのけぞった。「おっ。すごい記憶力だ。これがあんたのお得意の記憶力だね。だいたいその通りだが、あんたの方が正確だということにしておこう。ではなぜその人たちを救わなかったのかね」

「モナドに組み込まれていることだが、この星の環境を維持するための災害だ。お前さんたちによる人災もあるがね。だいたいお前さんたちは誰ひとり、自分たちの生きていること自体を奇蹟だとは思わんのだ」

「おやおや。われわれはあんたにただ生かしてもらっているだけでありがたいと思わなきゃならんのかな」

「まあ、その一方では盛大に死んでもおるじゃないか。そういう時はお前さんたちの創造した神を恨めばよろしい」

「災害はそうだろうけどね。でも戦争は違うだろう。災害のように環境を維持するためではない筈だ。なぜ戦争なんてものがあって、人が何百万人、何千万人と死ぬのかね」

「おいおい。戦争をやってるのはお前さんたちだろう」

「だから抛っておいていいと」

「そうだよ。無論これもモナドに組み込まれているが、わしがそうしたのは、戦争がなかったら今ごろはヒトが地上にあふれて共食いしてるからだよ」

「乱暴な言いかただ」検事はわざわざ机上の書類を取りあげ、正義感を表情と態度に示そうとし、あらためて机に叩きつけた。「そうか。バベルの塔を壊したようなことをまたやっとるわけだな」

「あのバベルの塔はわしが突っ壊したのではない。あれは技術的未熟さでああなった。象徴としてのバベルの塔は何も建築物に限らない。宇宙開発、インターネット、核兵器だってそうだし原発もそうだ」

傍聴席の最前列にいた上代真一警部は、検事がこの時俯いたままで何やら呟くのを見た。検察官席のすぐ傍にいたのだ。多少なりとも読唇術のできる警部はどうやら彼が腹立たしげに「ああ言えばこう言う」と呟いたように見えた。

ふん、と鼻を鳴らし、検事は投げやりに言う。「つまり、この世で悪いものはすべて、あんたの責任ではないと言いたいんだね」

ＧＯＤは答えた。「わしにとって悪というものはない。福沢諭吉君が『善というのは建前的で胡散臭く、だから信用できない。むしろ悪の方が信じられる』と言っておるが、なぜ彼に悪が信じられるかというと、それは悪ではなくて真だからだ。すべての悪は真なんだよ」

「ははあ」もはやついて行けないという気持を検事はあからさまにした。

そうやねん、すべての悪は真やねん、我が意を得たりとばかりに傍聴席の最後列にいた加藤淳也が大きく頷き、誰かに同意を求めようとするかのように周囲を見まわす。だが、周囲の者はすべて息をのむようにして問答に聞き入っていた。

検事は鼻で笑う表情をした。「そうか。それこそが、あんたが自分のことを無罪だと言った理由ですな。そうですかそうですか。悪は真ですか。じゃあ、あんたの言いかただときっと、悪は善にもなるんでしょうな」

「これはもう大昔からこの世界でも事実把握しとるよ。インド語、ヨーロッパ語の長い歴史があるが、その面影をいちばん濃厚に伝えているサンスクリット語では真理と善とは同じ言葉のうちに統一的に内包されている」

「では善か悪かという議論を棚にあげて質問する」検事はかたをつけようと言うように開きなおる姿勢を見せた。「私からは、どう考えてもそんな必要はなかったように思うんだが、そもそもなぜ被告は、被害者柿崎翔太にあんな、脳挫傷なんて重い傷を負わせたのかね」

「この法廷に立つためだよ」

法廷中の人間が、検事や裁判長も含め、思わずあっという小さな驚きの声を発した。

さすがに検事はもうGODを検察官口調で尋問する意気込みを失い、もはや恐るおそるGODの顔を下から見あげるようにして訊ねる。「この法廷で、その、あなたはいったい何をするつもりですか」

「虞《おそ》れずともよい」GODは日常会話の口調を変えぬまま事もなげに言った。「裁判は通常の流れに沿って行われるし、わしは判決に従うだろうさ」

検事はGODが返事を避けていると感じたようだ。ここぞとばかりに追及する。「私が伺いたいのは、あなたがこの法廷に立とうと思われた意図です」

それこそ法廷中の全員が知りたいところである。だがGODの返事は皆を失望させるものだった。

「それを言うとモナドを壊すことになる。今は言えなくても、まあ、わしのすることを見ていればよろしい」

「モナド、モナド、モナドですかあ。でもそれじゃあ」検事はありありと不満を表明して女のように上体をぐにゃぐにゃさせた。「あなたが神以上の存在であるという証拠は何もないことになりますなあ」真にGODのことを心配しているのだという演技をしながら、新井検事はあきらかに最終的な落しどころにさしかかろうとしていた。「やはりそれを証明するには奇蹟が必要ということになってきますなあ。あきらかな奇蹟を起して、それを眼前に見せてもらえれば、そこで初めてわれわれとしてもあなたが神だと認めざるを得なくなるわけで」

「奇蹟なんぞ起そうものなら、大審問官に叱られてしまう」

GODがそう言ったので上代真一警部は驚いた。GODが冗談を言うのは彼の知る限り初めてだったからだ。だがすぐ新井検事が大喜びしたので、GODがそう言ったのは他ならぬ彼を喜ばせるためだったのだと悟ったのである。

「おおっ。大審問官。ドストエフスキーですねっ」検事は自分の読んだ小説をGODが暗示してくれたので喜び、得意げにその知識を披瀝した。「『カラマーゾフの兄弟』だ。しかしわたしは大審問官でもないし、あなたはあそこに登場するイエスを思わせる人物でもない。いやいや、わたしはね、あなたが起す奇蹟に文句を言うつもりはありませんよ。どうかここで、奇蹟を一発、お願いしまあす。お願いしまあす」まるで猿まわしの猿が芸を始めるのを囃し立てて促すように検事は手を叩いた。

その無礼さに高須美禰子と伊藤治子はかっとなって身じろぎした。他にも腹を立てたらしい傍聴人が何人か、舌打ちした。

だがGODは怒らなかった。あいかわらず冗談口調のままで言う。「ほう。お前さん、いい度胸してるねえ。『神を試す』っていうのかい」

あれっ、これは『聖書』じゃないか、と上代真一警部は思う。GODは確か、聖書を否定していたんじゃなかったっけ。そうだ。人間の作った神を否定しているんだから当然、聖書だって。だがすぐに警部は、GODがまたしても検事を喜ばせようとして言ったことなのだと理解した。

検事は自分が聖書の知識を開陳できることを知り、また大喜びする。「ああ。そうでしたね。イエス・キリストも、お前が真に神の子なら、この神殿の屋根の上から飛び降りても死なない筈だとけしかけられて、悪魔のその誘惑に負けそうになって、神殿の屋根の上から飛び降りそうになって、これは『神を試す』ことになると思ってやめました。わたしだって『聖書』くらい読んで知っていますからね。じゃあ、あなたを試すのはやめましょう。それに、どうせあんたには奇蹟なんか起せない。だってあんたはただの人間だし、誇大妄想狂のふりをしてるに過ぎないんだから」

「お前さんが奇蹟に固執する理由は何だかわかっておるかね。勿論、お前さんはインテリだからわかっているだろう。ヒトは神よりも奇蹟を求めるもんだ。奇蹟を起してくれるのなら神でなくても、お祓いでもお狐様でも魔法でも新興宗教でもなんでもいいんだよ。わしはそんなことをしたことなど一度としてないが、別段奇蹟でなくとも、超自然的な現象なら言葉や行為によって今までにもいくつか自発的に証明してきてはおるんだがね」

「ああ。お得意の当て物とか、催眠術とかですね。あなたは公園でも集団催眠をかけて大勢の人を一度に瞞着したそうですが、きっと催眠術がお得意なんでしょうな」

「ニコラ・テスラ君みたいに、例えば論敵としてのお前さんが突然何も話せなくなる、といった催眠術なら簡単にかけることができるが、わしはそんなことはしない。お前さんは論敵ではないし、すべては善だというわしの信念からも、お前さんが優秀な検事であるという真実からも、そんなことはしなくていいんだ」

意外そうな顔をＧＯＤに向け、検事は一礼する。「これは、お褒めいただいてどうも。参考のために伺いますが、なんで私が優秀な検事なんですか」訊かずにはいられなかったようだ。

「それは勿論、お前さんが職務に忠実だからだよ。お前さんがこの法廷内にいるほとんどの人と同様、内心ではわしの存在を認めはじめていながら、わしを佯狂であると結論づけるために懸命に尋問し続ける姿というのは真実のものであるが故に、実に美しい」

検事はこれを単なるお世辞であると、そう思い込もうとした。ＧＯＤは自分にこれ以上奇蹟の問題を追及させたくないから、自分の気を逸らせようとしたり喜ばせたりしているのだと判断したのである。彼は褒め言葉に照れることなく、さらに言い募った。「駄目ですよあなた、私を籠絡しようったって。ではその超自然的な現象でも結構ですから、ここでその催眠術をやって貰えませんかな。私はそんなものに引っかからないし、判事の皆さんだってそうだと思いますよ。それともあれですか、それもまたモナドですか」

「よろしい。今すぐに起ることであれば予言したとしてもモナドは壊れない。今は午後二時四十四分と三十三秒だ」

GODは当然のことながら、時計を見ずにそう言った。美禰子は結野教授がしばしば授業中にチョッキのポケットから自慢の金側の懐中時計を出して文字盤を眺めていたことを思い出した。無論今の、全知のGODがそんなことをするわけがない。

「今から四十二秒後に起ることを教えよう。この法廷のうしろのドアが開いて、ひとりの男が入ってくる。この男は別の取材のため開廷に遅刻した新聞記者だ。彼は中央の通路を三歩ばかり進んでから、突然立ちすくんでしまう」

「えっ。なんで立ちすくむんですか」

「まあ、見ていればわかる。あと四秒だ」

GODが背を向けている法廷のドアが開いて、遅刻した記者が急ぎ足で入ってきた。中央の通路を三歩進んでかれは立ちすくんだ。法廷中の人間の視線が自分に集中していたからである。

3

「わたしはまったく驚きませんね」法廷中の驚嘆の声の中、事態がまったくわからぬまま遅刻してきた若い新聞記者が汗を拭いながら着席し、ざわめきが収まると、新井検事は言った。「この法廷の中と外であなたがその記者君と連絡を取る方法はあった筈だし、外からはそのドアの小窓を開けて中の様子を見ることもできる。実にみごとな詐術であることは認めますがね。でもやはり、私どもを納得させて下さらなきゃあ」

さらに食い下がろうとする検事にGODは言った。「今のが偶然だとか、仕掛けがあるというのであれば、お前さんたちにすればそんなことがわかる筈はないと思えるような、ずっと遠いところ、つまり他の国で、現在この時間に起っていることを教えてあげることにしよう。この時間とはつまり日本時間のことだが、時差のあるサウジアラビアのダンマームで今、自爆テロがあり、三十八人が死んだ。わずか二秒前だ。当然まだ日本には情報が入ってきてはいないが、すぐにわかるだろう。記者も大勢いるようだから、社に電話して確かめたらよろしい」

「あっ。記者諸君はケータイをかけないように。法廷内はケータイ禁止です」ケータイを出そうとした記者を見て、高田孝四郎裁判長が少し慌てた声で叫ぶ。

記者が二人、法廷を出て行った。

「記者諸君の確認にはしばらく時間がかかりそうですな」検事はなぜかにやにやする。さっき褒められたことで悪い気はしなかったらしく、その喜びがまだ続いているらしい。彼はさっきの、その話題に戻った。「あなたは私のことで、真であるものは美しいとおっしゃった。なるほど神は真善美を体現している存在であると一般に言われていますから、あなたの発言からはあなたにとってはすべてが真であると同時に、すべては美でもあるわけでしょうな」

「その通りだよ。わたしにとって、この世界のものはすべて美しい」

ここぞとばかりに検事はＧＯＤに指を突きつけ、大声を出した。「ではあなたは、戦争も美しいとおっしゃるんですか。女子供までが大量に殺され、大勢が原爆で悲惨な死にかたをした、多くの惨たらしい戦争も、すべて美しいのですか」

「そうだよ」平然としてそう言った後、ＧＯＤは法廷中の人間のあげた不服の声に答えるように続けた。「ずいぶん吃驚しておるから教えてあげようかね。教える内容がずいぶん難しいので、例をあげて教えてあげることしかできないのだが、わしが戦争を美しいというのは、お前さんたちが例えばパブロ・ピカソ君の『ゲルニカ』や丸木位里君、俊君夫妻の『原爆の図』を見て美を感じるのと似たようなものなんだよ。その悲惨さが悲劇的であるが故に、お前さんたちが悲劇を見て自分の心の痛みの中に美を見出すのと同じだ」

「またはぐらかされましたなあ」検事は腕時計を見ながらそう言った。そろそろ出て行った記者たちからの、自爆テロの報告がある筈だった。実際に起っていたことであると皆が知れば、あきらかに自分には不利であると思い、彼はあとの尋問を打ち切って早く終らせることにした。「被告には暴行傷害の動機について述べる気はないようです。時間がかかり過ぎますので、検察側からの被告人尋問をこれで終ります」

高田孝四郎裁判長は知らぬ間に噴き出ていた汗に気づいて額を拭った。検察と被告のやりとりにこれほど迫力を感じ、どうなることかと肩に力を入れ、これほどまで懸命に見守ったことは今までになかったのだ。彼は瓶子孝明弁護士に訊ねる。「弁護側からの被告人への質問はありませんか」

瓶子弁護士は立ちあがった。「弁護側は最後にひと言だけ、あらためて被告に確認したいのですが」

「よろしい。やってください」

弁護人はGODを眩しげに見た。「今までに何度かなされてきた質問の繰り返しになりますが、これが最後の確認です。お答えください。いったいあなたはどのような存在なのか。自分で自分をどのような存在だと思ってらっしゃるのか。簡単に、で結構ですから、それを伺いたいのです」

「この法廷にいる全員が、今はもうわしがどういう存在かを悟っている。お前さんや裁判長、検察官も含めてだがね。だから簡単に答えよう。お前さんたちはわしが作ったものだ。言ってみりゃ被造物だ。被造物に対して語るのと同じことばで、どうやって造物主についても語ることができるのかね」

若い弁護士は顔を伏せ気味にしたまま、GODをうわ眼遣いに見た。「人間のことばでは語れないとおっしゃるんですか」

「造物主についての知と、被造物についての知が、たとえ音声としては同じ言葉で表現されたとしても、それは言葉によってあらわされている認識が同じであることを意味するわけではないんだよ」

気の毒に、という演技を弁護士はしようとした。だが、うまくできなかった。「終ります」と言い、彼は着席する。

「被告人は自分の席に戻って結構です」

裁判長が言い、GODはまた被告人席に戻った。両側の椅子の中年の刑務官ふたりが、GODを畏れるかのように彼から身を僅かに引き離した。

「ではこれより、検察官、弁護人双方の最終意見を伺います」裁判長は今までの敢闘を讃えるような眼差しとともに、新井信吾検察官に頷きかけ、いつもなら言わないようなことを言って裁判官たちを驚かせた。「長い尋問の直後でご苦労様ですが、まず検察官に論告と求刑をしていただきます。検察官、お願いします」

新井検事は立ちあがり、裁判長に一礼して言った。「はい。では論告と求刑をいたします。本日、検察側は被告人結野楯夫を暴行傷害の犯人であるとして、その公訴事実の内容について、いくつかの根拠をあげて立証してまいりました。一、被告人結野楯夫が公園内において被害者柿崎翔太に暴行を加え、重傷を負わせた行為は、刑法第二百四条の傷害罪に該当します。被害者柿崎翔太が自らを信者第一号にと頼んだのを、いずれは自分が宗教法人を設立しようとしていた結野楯夫は、柿崎がこれを邪魔しようと企んでいるのだと思い込んで犯行に及んだのでありますが、被告人は『暴行傷害は認める』としており、傷害の故意は本人の認めるところです。被害者柿崎翔太は脳挫傷という重い傷を負いました。二は、被告人の犯した罪の佯狂性であります。被告は、暴行傷害は認めるとしながらも、それは罪ではないなどとわけのわからぬことを言っております。自身を神以上の存在であるとする主張から出てきた言葉でありますが、これらは罪を逃れようとする非常に悪質なものであり、わが国では心神喪失によって責任能力がないものとされ、罪に問えないと判断されて多くは無罪となることを知っている者による、極めて狡猾な言辞であると言えましょう。三は、被告人による再犯の可能性であります。通常、暴行傷害の初犯者は刑が軽く、犯行を重ねるにつれて重罪が科せられるのですが、被告人の場合は初犯でありながらも反省する様子がまったくなく、再び同様の犯行に走る虞れが多分にあり、暴行による傷害の再犯者に準じた重大な犯罪として厳しく処罰する必要があるものと認められます。実際、みごと精神鑑定を欺き裁判で無罪を勝ち取った被告人が、数ヶ月または数年の隔離期間ののちに社会復帰した後、いったいどのような騒ぎを起すことかと考えれば、これはまことに慄然たるものがあるのであります。よって被告人結野楯夫は傷害罪で懲役五年の実刑に処することが相当と思われるのであります。論告、求刑を終ります」喋り終えた新井信吾検事は、自身の論告の出来などどうでもよいとでも言いたげな沈鬱な表情をし、いつものように勝利を確信した誇らかな様子もなく、顔を伏せて椅子に沈み込んだ。

「五年なんて、重いわ」と、高須美禰子は呟き、微笑した伊藤治子が「大丈夫よ」と彼女の膝を叩く。

裁判官の全員が予期していた求刑であったようだ。裁判長は何の動揺も見せぬ顔で言う。

「では次に弁護人の弁論を伺いましょう。弁護人、お願いします」

「はい」と言って立ちあがった瓶子孝明弁護士は、しばらく最初の言葉に迷う様子であった。

「皆さん」

やっと彼が喋りはじめた時、法廷の外に出ていた記者ふたりが前後して戻ってきた。彼らは法廷の全員に向けて指で丸を作って見せたり、あたりに小声で報告したりし、その間弁護士は弁論を中断せざるを得なかった。おう、と感嘆する声、やっぱりというざわめきがあり、やっとそれが終ったので裁判長は弁護人に頷きかけ、続きを促す。「GODの予言は事実であったようですが、弁護人は、今法廷外で起ったばかりのことは無視して弁論を続けてください」

「わかりました」瓶子弁護士は何かに力づけられた様子で弁論を続けた。「しかし裁判官の皆さん、皆さんがたはすでにそこにいる被告人、GODと呼ばれている存在が、GODの言う通り神以上の存在であることを信じはじめておられます。裁判長、あなたもそうであろうと思います。私もそうです。実は私は今、極めて複雑な心境にあります。私の浅い経験から申しあげるのですが、このような裁判は私は初めてです。この裁判は今までの裁判と異なり、まるで法廷ではないような雰囲気の中で行われました。私は中世の宗教裁判を連想しました。そうです。これは明らかに一種の宗教裁判でした。しかし皆さん、今は中世ではなく、これは宗教裁判ではありません。現代の裁判です。現代のわが国の憲法によれば、『すべて裁判官は、その良心に従い独立してその職権を行い、この憲法及び法律にのみ拘束される』とあります。決して神や信仰に拘束されてはならないのです。だからと言って、そこにおられるGODを精神異常として拘束し、病院に入れてしまうことができるでしょうか。または検察官が主張するように佯狂として、人を騙り詐欺を行おうとしている人間として裁くことができるでしょうか。私は今、とても重く苦しい心で弁護人らしくない弁論をしております。検察官はみごとに役割を果たされましたが、今の検察官の様子から見て、検察官もまた同じ心境で論告されたのに違いないと私は思うのです。なぜなら検察官は今、け、検察官は今」瓶子弁護士はハンカチを出して眼を拭っている検察官を見ながら、言葉を詰まらせ、顔を伏せて咽喉《のど》を鳴らした。

傍聴席のあちこちからも、すすり泣く声が聞こえた。加藤淳也に到っては嗚咽を隠せずに両の手で口を押さえ、うーうーうーうーという声を漏らしている。

「弁護人は冷静に」と、裁判長は湿った声で注意した。「傍聴人の皆さんも静粛に」

「申し訳ありません」瓶子弁護士は気を取りなおして背筋を伸ばし、弁論を続けた。「この裁判はもし中世であれば被告人が神の名を騙る異端者であるかどうかを裁くものであった筈ですが、現代においては佯狂か精神異常者であるかどうかを決定する裁判にしかなり得なかったのであります。従って弁護側としては被告が無罪となるよう、真の精神異常者であると主張しなければなりません。もし弁護側が無罪を勝ち得た場合、GODを病院で一定期間拘束しなければならないのはまことに残念なのですが致しかたありません。よって裁判長に於かれましては、せめて検察側の主張する五年という長い懲役期間、あまりにも重い求刑を少しでも軽減していただきたいと思うのであります。弁論を終ります」

「以上をもちまして被告人に対する傷害罪の弁論を終了いたします」裁判長はそう言い、GODに頷きかけた。「ではこれより、被告人の最終陳述を行います。GOD、ではお願いします。証言台でお話しください」

裁判長の丁重な言葉に応えるかのように、またしても全身をぴくりとさせ、凝固していたGODが立ちあがり、証言台に向った。今度もGODは証言台に立ったままで傍聴人たちを含め全員に語りかけるように話しはじめた。「あのなあ」

陪席裁判官の女性がずっこける。

「無罪を主張していながら、判決を受け入れるというのは実におかしな話だとお前さんたちは思うかもしれない。だけどな、どういう判決が出るかはわしにはもうわかっておることだし、ほんとは今言っちゃいけないことなんだが、それは今後のわしのしようとしていることに何の支障もない判決なんだよ。わしは判決を受け入れる。裁判長は遠慮はいらないから判決を下しなさい。裁判官の皆さんはまことによくやったし、祝福してあげたいのだが、生憎わしは祝福というものをしないのでな」そう言うとＧＯＤは、ゆっくりと裁判長に頷いて見せた。

「これにてすべての弁論が終結したことを宣言します」裁判長は法廷中を見まわし、いつになく大声で告げた。さほどの騒ぎもなく、滞りなく裁判が行われたことにほっとしている様子が明らかだった。「ではこれより裁判官の評議を行いますので、しばらくお待ちください」

このような厄介な被告の裁判は一刻も早く終らせたいというのが裁判官全員の望みだった。裁判はいったん休廷することなく、裁判長と陪席裁判官の協議はそのまま裁判官席で簡単に行われた。これもモナドによるものらしくどうやら開廷前から決定されていた判決であったようだ。

「では、判決を言い渡します」と、高田裁判長は告げる。「主文。被告人を懲役三年に処するものとする。そして、この判決確定の日から二年間、刑の執行を猶予する」ここで裁判長はお定まりのようにひと呼吸おいた。

二、三の歓声があがり、ざわめきの中で伊藤治子が「ＧＯＤ、自由放免よ」と笑み溢れて高須美禰子の膝を叩く。

裁判長があらためて喋りはじめた。「次に判決の理由を述べます。被告人は、自身のことをGODと呼ぶようにと要求しているこの被告人は、わが国裁判史上類例のない、卓越した知能と能力を持つ者であると判断できます。その能力たるやもう、それはもう」どう表現すべきかわからず、裁判長はわざと咳き込んで見せ、表現を省略した。「しかしながら、それによって精神障害者と判断できない限りにおいては被告人が佯狂であるかそうでないかを論じる以前に、本法廷は被告人自身が認める傷害罪を適用するしかないのです。ここでまことに残念なのは、被告人が暴行傷害に及んだ理由が明らかにならなかったことです。われわれは今後GODと名乗るこの被告人がどんな行動を起すか、ただ見守るしかありません。どうかGODにおかれましては二度とこのような騒動を起さず、二度と本法廷に立つなどのことがないよう、くれぐれも留意願いたいものであります。尚、この判決は一応は有罪判決でありますから、被告人自身は判決を受け入れると宣言してはおられますものの、もし判決に不服があると思われた場合には控訴を申し立てることができます。その場合は明日から十四日以内に当管轄の高等裁判所宛の控訴申立書をこの裁判所に提出してください。それでは閉廷します」

背後の瓶子弁護士から「釈放です」と耳打ちされてGODは被告人席から立ちあがり、いったん退廷した。手続きを終えて出てきたGODに、広い廊下で待ち構えていた高須美禰子と伊藤治子が近寄った。上代真一警部もやってきた。少し離れたところにいた加藤淳也も嬉しげにやってきた。公園にいた顔見知りの連中も十何人か集ってきた。

「先生」

「GOD」

「さて、ちょいとばかり忙しくなるよ」GODはふたりの女性に頷きかけて言う。「伊藤治子君。早速だがあなたにはこれからしばらく、わしのマネージャーをやってもらう。高須美禰子君は今まで通り、わしの付き人だ。それから加藤淳也君」

「えっ。おれ」加藤淳也が意外そうな顔でGODを見た。

「そう。君だ。君にはこれからわしのボディガードをやってもらう」

加藤はしばらく啞然とし、やがて眼を潤ませた。「ほんまでっか。ほ、ほんまでっかいな。や、やらして貰います。やらして貰いまっせ」彼は二、三度頭を下げた。「そらもう本気でやらして貰いまっさかい」

「あのう、マネージャーって何を」

問いかける伊藤治子にGODは言う。「もうさっそく、この裁判所の建物を出るなりマスコミの来襲だ。君の捌きかたでいい。加藤君も君のやり方で人を捌きなさい。君たちがどうやるかわしにはすでにわかっておる。君たちのやり方で正しいことがな。それから上代警部」伊藤治子の背後に立っている警部にGODは言う。「君はわしにいろいろ質問したいことがある筈だ。理解できるかどうかはわからんが、それは君には必ず教えてあげるから、今しばらく待って貰いたい。当分はわしのすることを見ていてくれ。一段落したらわしの方から君に連絡する。それは十八日後になる。ああそうだ。堤君にもよろしく言っておいてくれ」

「わかりました。言っておきます」と、警部は嬉しげに答えて大きく頷き、小さくつけ加えた。「ＧＯＤ」

傍聴席にいた記者三人が近寄ってきて口ぐちに言う。「ＧＯＤ。あなたにインタヴューしたいんですが、どうすれば」証言台でのＧＯＤの発言を聞いているだけあって彼らは真剣であり、興味の中にも畏れの感情が籠められている。

「わたしが伺います」さっそく伊藤治子がノートを出して対応する。「社名とお名前をどうぞ」

「この裁判所の建物の前に四十四人が集っておる」とＧＯＤは言った。「マスコミ関係者はカメラマンを入れて九人、傍聴できなかった連中が三十五人だ。その中には少し異常な者がひとりいるがこれはすぐにわかるから加藤君に任せる。さて。出ようか」

何人かがＧＯＤを取り囲むようにして裁判所を出ると、待っていた数十人が歓声をあげる。さっそく女性レポーターが進み出てマイクを突きつけてきた。

「先生。釈放おめでとうございます」法廷にいなかったので彼女はまだＧＯＤという呼びかけ方を知らない。「ご感想をひと言」

「今すぐのインタヴューはお断りします」伊藤治子が大声で言う。「他のマスコミの皆さんも、インタヴューの申込みはのちほどお受けしますから」

「あの、どちらへ電話を」

そう訊ねたレポーターに加藤淳也が大声で言う。「そんなこと自分で調べんかい」

「ちょっと。乱暴な言葉遣いしないで」さすがに美禰子が加藤に注意する。

「あのう、先生」待ち受けていたらしい主婦と思える上品な女性が恥ずかしげに進み出てきた。「わたしあのう」

「ああ。竹内千鶴子さん」

そう言うＧＯＤの眼があさってての方を向いているので少し戸惑いながら女性は頭を下げた。

「お蔭さまでダイヤが見つかりました。そのお礼をしようと思って来たのですが、先生のようなかたへのお礼は何をさしあげたらいいのかわからなくて」

「なあにそんなことはいい、いい。それよりな、お前さんに頼みたいことがある」

「どうぞ、何でもおっしゃってください」

「お前さんの家に、イチローという名のキャバリア・キング・チャールズ・スパニエルがいるだろう」

千鶴子は不思議そうにＧＯＤを見た。「はい。飼っておりますが」

「その犬を連れて、毎日散歩に行ってくれ。あの片腕が発見された河川敷だ」

「えっ。そこで何をするんですか」

「何もしなくていい。ただあの辺を散歩するだけだ。その散歩のことを忘れる日がやってくる。その日まで続けてくれ。わしの為でもあり、お前さんの為でもある」

「わかりました」千鶴子は恭しげに頭を下げた。「先生」

「神様。神様あ」髪を振り乱して初老の女が周囲を押し分け、近づいてきた。周囲に悪臭が漂った。「ホザナ。ホザナ。ホザナ」ヘブライ語で救い給えという意味のホザナは、教会などで熱狂した群衆があげる叫び声として知られている。

ＧＯＤに抱きつこうとする女の襟首をつかんで加藤が乱暴に引き戻した。「やめんかいこの」

「この人、乱暴過ぎます」と美禰子がＧＯＤに注意する。

「いいんだ。それより、タクシーを拾ってくれ。わしは先に帰る。君たちは夕食の食材を仕入れてあとからマンションへ来てくれ。皆で食事しながら打合せだ」

伊藤治子はまだマスコミ陣の応対に忙しかった。加藤はＧＯＤの周囲に押し寄せる者たちを食い止めようとしていた。美禰子は通りに出てタクシーに手をあげる。

その日の夕食では、少し遅れてやってきた加藤の服装を見て美禰子と治子が大笑いをした。裁判所ではいつもの作業服ではあるものの少し清潔にしているだけだった加藤は、どこで調達したのかいかにもボディガードらしい黒いスーツを身につけていたのだ。しかしそのスーツは寸足らずで、しかもよれよれだった。

「新しいのを買ってやりなさい」とＧＯＤは言う。「伊藤治子さん。君が見立てについて行きなさい。この男、からだつきがちょっと変っているから、採寸を念入りにな。そして支払いをしてやってくれ。ブランドものの上等のダークスーツだぞ」

4

翌朝の新聞には社会面にこの裁判の模様が掲載された。なにしろ裁判を傍聴した記者たちがＧＯＤという存在を信じはじめているため、いくつかの新聞の彼らの書いたその記事は、社会通念や常識すれすれの神秘性を伴った微妙な表現による、いささかわけのわからないものになった。スポーツ紙はその点まったく斟酌なかった。「神か異常者か」の一点張りの論調で、裁判を傍聴した誰かれから聞いた裁判の経過を面白おかしく書き立てた。これはテレビ各局のニュース番組でも同じだった。いかに真面目なニュース・キャスターであっても、神以上の存在を認める発言などは許されない。数日後から発売されはじめた週刊誌各誌に到ってはもはやお祭り騒ぎの様相だった。傍聴人たちにインタヴューしたことを勝手気ままに書き換え書き飛ばし、法廷を茶番扱いしたものから、逆に週刊誌によっては完全にＧＯＤを神様扱いし、ＧＯＤに振り回される裁判官たちの様子をドタバタ調であげつらったものもあった。どちらにしろ、ろくなものではなく、真面目なものはひとつとしてなかった。可哀想なのはコワモテの新井信吾検事と真面目な瓶子孝明弁護士で、どの記事でも人格を無視され、道化にされてしまっていた。

ＧＯＤのマンションを訪問してくる美大の関係者は友人の横山禎三教授も含め、ひとりもいなかった。マスコミの報道で見る限り、ＧＯＤはもはや美大の教授でもなければ同僚でも友人でもなかったからだ。美大では今後の結野教授の処遇に困っていて、もう少し経過を見るということに決めていた。教授の教え子で美禰子の友人でもある女子学生が二人来たが、これはむしろ美禰子に逢うのを口実にＧＯＤという動物を見物に来たのだった。ＧＯＤが公園に来なくなったのを寂しがってやってくる者もいたが、すべてマンション三階のエレベーター・ホールで一日中立ちっぱなしの警戒をしている加藤にやんわりと追い返された。強引に押しかけてくるマスコミ関係者は加藤からもっと乱暴な言葉で追い返された。パパラッチめいたカメラマンは加藤の言動に腹を立てて彼の写真を報復的に撮って帰ったりしたが、そんな写真はどこにも載らなかった。正式にインタヴューや出演の依頼をしてくる連中は直接住まいへやってくることなどないのである。

「電話のあったテレビや雑誌やその他のインタヴューはすべて断っています。だって、あれって、勝手に編集されてしまうんですものね。ＧＯＤの発言だって難しいところやマスコミ的に具合の悪いところを全部ちょん切っちゃうに違いないわ」

裁判が終って四日目の夜、それまでの毎晩がそうであったように、結野教授のマンションで一日のほとんどを過ごしている四人が夕食をとっている席上、伊藤治子がそう報告する。勿論、今後の成り行きはGODにとって現在でもあり過去でもあるので興味なさそうだが、治子は主に美禰子と加藤に向け、自分の判断の正しさに同意して貰うため喋っているのだ。彼女は自分のパソコンを持ち込み、取材申込みのあった番組がどのようなものかをいちいちチェックしていた。

「それから、バラエティ番組からの申込みがありますけど、お笑いタレントの出演するものはすべて断っています。彼らには、GODの言葉を理解する知性はありません。自分たちにわからないと、わざと珍妙な誤解をしてみせて自分たちの馬鹿さで受けようとしますから、まともな番組にはなりません」

「わしは別に、それでもいいんだけどね」とGODが言う。

「いいえいけません。わたしが許しません。GODが馬鹿にされるなど、わたしは我慢なりません」

美禰子も治子に同意する。「そうよ。あれはかっとなるわ。精神状態が不安定になります」

「とにかく局の方で編集する番組はすべてお断りしています。だから理想的にはナマ放送で、きちんとした司会者、きちんとした出演者が揃った番組を希望しているんですが、その場合はゴールデンタイムでの編成が難しいそうで、BSまたは深夜の番組になってしまいます。

おまけにその場合は驚くほど低額のギャランティになります」

「伊藤さんはどれくらいの額が希望なの」

そう訊ねた美禰子に、毅然として治子は答えた。「一千万円です」

加藤淳也が驚いて、飲んでいたポタージュ・スープを噴いた。「一千万円て、それ、多すぎるんと違うんかい。そんな金出す局、ないで」

「ギャラが大きいほど扱いもよくなり、きちんとした番組になるの」と、伊藤治子は言った。

「これには加藤さん、あんたやわたしたちの報酬も入ってるのよ。GODだって今までに結野教授としてのたくさんの支出があったし」

「もう少し待ちなさい。いい番組の企画があらわれるから」とGODは言う。

GODの言った通りだった。七日目になってやっとまともな番組としての企画が成立した。それとて治子が十何回もの厳しいやりとりをした末の成果だったのだ。その局では水曜日午後九時からの、普段は緊急特番などをやっている二時間をナマ放送に当て、タイトルをおとなしく「GODと話そう」にしていた。司会をするのはこの局の人気キャスターで岩間仁志と言い、アシスタントは神子田《みこた》ゆみと言う女子アナだった。

「おお。神子田ゆみ。あらええ子やで」と加藤が眼を細めた。

「岩間仁志はちょっと軽薄でしょ」美禰子が顔をしかめた。

「でも慶応出てるし、あの局ではいちばんのインテリらしいの。時どきギャグ飛ばすけどわりと高級なギャグで、下品じゃないわ」治子がちょっと弁護した。「問題は彼がＧＯＤの存在をどこまで信じているかだけど、タイトルにＧＯＤという言葉が入ってるから、局の方針としてはあくまでＧＯＤの存在を認めた上での彼の登用でしょ」

「神子田ゆみはお馬鹿よ」美禰子は加藤を横目で見ながら言った。

「大丈夫だよ」

ＧＯＤが言ったので、美禰子は眉をひそめる。「先生ったらもう、何でも大丈夫なんだから」

「ＧＯＤに質問する役の出演者は、まだ全部は決ってないんだけど、わたしの知らない人がほとんどなのよ」ファックスで送られてきたリストを見ながら治子が言った。「でも、この人たちの職業を見ると、真面目な番組になることは確かね。それにＧＯＤと対立しそうな宗教関係者や神学者は入っていないわ。テレビによく出ていてテレビ慣れしている人ばかりなんだって。通俗的な本を出している哲学者と、やっぱりわりと通俗的な科学評論家と、美人の政治評論家と、真面目な本を出している小さな出版社の社長と、若手の、この子だけはテレビ初出演らしいんだけど売れっ子作家と、ＳＦの評論家と、あとは一般の主婦とごく普通のサラリーマンなんだけど、この人たちは信心深いキリスト教徒らしいから、ちょっとご用心かもね。あと、企業関係から誰か出すなんて言ってたわ。それからスタジオだけど、大ホールを使うそうです。この局のホールは都内の民放では最も大きいと言われているそうです。

二百五十平米あって、客席は約二百席です。観客二百人というのは理想よりも少ないようだけど、テレビは多くの人が見るわけですから」

「ギャラは」と加藤が眼に濁った光を浮かべて訊ねた。「どやねん。一千万円」

「まだ交渉中です」治子は自信ありげに頷いた。「でも、それに近い額は確実」

番組の広告が新聞に出てテレビでも宣伝されると、募集した観客の人数はたちまち埋まった。それまでが面白おかしく軽い報道ばかりであったにかかわらず、一般大衆と有識者層にかかわりなくGODのテレビ出演を真剣に期待している者が意外に多いこともわかってきた。GODという存在を信じる者は増え続けていた。「本当に神様なのかもね」「もし神様だったら」「えらいことだ。ほんとに神様なのかも知れん」神様かもしれないという可能性を求めて教会へ行く者が急増した。街路での立ち話や喫茶店の茶飲み話や会社での会議の前後や喫煙ルームや居酒屋やネットなどをはじめとして知人と他人との区別なく列島全体がその話題で熱気に包まれた。その時間にその番組を客に見せると宣伝する飲食店は多数にのぼった。外国からも局に対して同時中継の申込みが相次ぎ、バチカンもGODという存在に大いなる興味を抱いているという噂が報じられた。世界中の教会や寺院、その他宗教関係団体の内部では大騒ぎになっていた。結野教授の住まいや伊藤治子のケータイにはのべつ取材の電話がかかり、昼夜を問わず押しかけてくる連中への対応に加藤は大汗をかき、体力を消耗し尽した。

番組の本番当日、人だかりを避け、局から迎えに来たリムジンに地階のガレージから乗り込んで、ＧＯＤと美禰子と治子と加藤はマンションを出発する。やっと本番だというので、彼らはまったく変らぬ態度のＧＯＤを除き、かえってほっとしていた。

神の数学

1

登場順、立ち位置の確認、カメラテストやマイクテストなどのリハーサルが終ると、ステージは暗くなり、客入れが始まった。観客が入場するかすかな騒音に混じって時おりフロア・ディレクターの指示する野太い怒鳴り声がホールの天井に飛ぶ。緊張が高まっていたが、控室のＧＯＤは平然としていた。「メイクはいらん。この男、化粧をすると狸のようになる。狸君には失礼だがね」

「ＧＯＤ。司会のお二人がご挨拶をとおっしゃっていますが」

「リハの前にしたんだからその必要はない。本番では好きなようにやりなさいと言っといてくれ」

本番までには小一時間あり、ＧＯＤはまたしても控室の鏡の前の椅子に掛けたまま凝固してしまう。こまかい打合せにやってくる者はＧＯＤの命令通りドアの近くで伊藤治子がすべて応対し、面会に来る者は廊下の加藤が皆、追い返してしまった。十分前になると多くの人間が自宅と店とを問わず胸を躍らせながらテレビの前に座り、椅子に掛けて番組を待った。倉見直之と堀宏美もアパートの一室でベッドに上半身を起し、小さな画面を見守っていた。居酒屋では加藤淳也の仲間たちがカウンターやテーブルで一杯やりながら低い天井近くのテレビを仰ぎ見て、いつに似ず静かに放送が始まるのを待っていた。その他公園にいた連中のほとんどが何らかの形でテレビの前にいた。開演五分前のベルが鳴り響いた時はすでに、ホールの上手の薄暗い廊下には出演者が席順通り並ばされていた。ほとんど日本中が視聴しているとあって彼らはフロア慣れした者さえ極度に緊張していた。控室では美禰子が場内を映し出しているモニターを見ながら、豪勢な楽屋弁当を前にして非日常の昂揚を楽しんでいた。彼女は本番中ここでモニターを見ながらの楽屋番を仰せつかっていたのである。ＧＯＤは板つきなのですでに控室にはいない。

客席が暗転し、ホルスト「惑星」の最初のファンファーレが高鳴った。ステージ中央のスクリーンには銀河系の映像が美しく映し出される。音楽がフェイドアウトする中、ステージが明るくなり、下手から司会者二人が登場し、中央に進む。音楽がやみ、ベージュのスーツで痩身を目立たせまいとしている岩間仁志と、逆に濃いグレーに銀色の縦縞のドレスで肥満を誤魔化そうとしている神子田ゆみが並んで立ち、マイクを口もとに向けたままで観客の拍手がおさまるのを待つ。

「皆さん。お待たせいたしました。あらゆるメディアでの予告以来、日本中、いや世界中で大反響となっています緊急特別企画『GODと話そう』、さあ、いよいよ開演です」

滑舌の明確な岩間に続いてやや舌足らずに神子田ゆみが喋る。「会場の皆さまそしてお茶の間の皆さま。これから二時間にわたり、話題のGODを囲んで、視聴者代表の皆さんと、あらゆる問題について議論してまいります」

「ではGODと話そう、司会は私、岩間仁志と」

「神子田ゆみです」

再び拍手された二人がやや下手に下がるとスクリーンには番組のタイトルが大きく映し出された。岩間仁志がGODという存在について、これまでの経過や彼の言行などを紹介しはじめると、スクリーンの文字もそれに応じて変化した。中には法廷に立つGODの姿を描いた画像もあったが、それはまるで説教をするキリストという趣の古典的な絵のようだった。

岩間が大声で上手に手を差し出す。「ではそのGODと語っていただく出演者の皆さんをご紹介しましょう」

岩間は次つぎに出演者の肩書きと名前を叫び、それに応じて上手からはほとんど間を置かずに今夜のGODへの相談相手、時には論争相手ともなる筈の出演者が鳴りやまぬ拍手の中を登場し、中央から上手にかけてずらりと並んでいる自分の席についた。彼らの前の九つのテーブルからは彼らの名前を書いた紙が垂れ下がっている。スクリーンには彼らの顔と名前と肩書きが次つぎに映された。岩間とゆみは皆さんよろしくお願いしますと出演者たちに挨拶し、そしてGODを呼び出す。

「それではいよいよGODにご登場願いましょう」ここで司会者ふたりは芝居がかって声をあわせる。「現れたまえ、GOD」

中央の垂れ幕にスポットライトが当てられてスクリーンが上がると、ステージ中央にやや高く設置された台上には肘掛椅子が設えられていて、そこにはややくだけた様子のGODが掛けている。気軽に片手をあげたGODへの拍手と歓声は関係者が予想もしていなかった、吃驚するほど大きいものだった。とても二百人だなんて思えないわ、と、ステージ下手のカーテンの陰でパイプの椅子に掛けている伊藤治子は驚嘆した。その横には加藤淳也が立っている。

「たくさんの拍手、ありがとうございます。ありがとうございます。ではGOD、よろしくお願いします。さて皆さん」岩間が視聴者代表の九人に語りかける。「皆さんはすでにGODへの質問をお考えになり、お決めになってきておられると思います。ここはわたしたちが通常の番組の司会のように勝手に皆さんを名指しすることなく、皆さんのそれぞれの意志でもってご自由に質問なさってください。では、どなたからでもどうぞ」

公園での巧みなGODの捌きかたを知っているらしい局の判断なのであろう。場内がしんとした。だが出演者は誰も手をあげず、誰も発言しようとしなかった。彼らは怖れていたのである。あの週刊誌の騒ぎから判断するに、つまらぬ質問をしたりすれば世間の大笑いの対象にされると思い、公開されている裁判記録から考えてＧＯＤの反応によっては道化にされてしまう可能性が高いとも想像し、少なくとも誰かが質問すればその雰囲気を見て危険を避けることができるだろうと思っていたのである。ほんの僅かだが無言の時間が過ぎ、出演者の恐怖を悟ったらしく客席のあちこちから笑いが起きた。岩間はちょっと慌てた。なんとかしなければならぬと思い、ゆみに語りかける。

「おやおや。皆さんずいぶん遠慮なさってますね」

ゆみとてこの場をどうすればいいかわからず、気のきいた言葉が出てくるわけがない。

「そうですね」と言うのみである。

助けてくれそうにないアシスタントにいささか腹を立て、岩間は笑いながらゆみに言った。

「ではゆみさん、手始めにあなたからひとつ、何でもいいからＧＯＤに質問してくれませんか。どうでしょう。何か」

控室の美禰子はいやな予感がした。このお馬鹿にろくな質問ができるわけがないと思ったのだ。その通りだった。神子田ゆみは臆することなく、まるで他のニュース番組の、限られた時間内のディスカッションの司会の如き質問をしたのである。

「ではＧＯＤ。宇宙はどんな形をしていますか。ひと言でお答えください」

この陳腐な質問で、何人かの観客も含め、出演者の多くがうめき声をあげて身をよじった。考えようによっては大きすぎる問題でもあるこの質問をひと言で答えろというのは無礼極まりないことでもあった。岩間は蒼ざめた。

しかしGODは彼女にわかるようなやさしい言葉で、しかもひと言で答えた。「中心がいたるところにあって周辺がどこにもない円だ」

瞬時、全員がGODの言葉を嚙みしめている時、ゆみが身をくねらせた。「ちょっと、わかんなあい」

「何言ってるんだ。すばらしいお答えじゃないか」今や岩間は激怒していた。彼は出演者や観客にまで同意を求めた。「ねえ。そうですよね」

「神子田さんは、発言しない方がいいな」教養番組の常連でもある若手の哲学者が穏やかな口調で言ったが、彼もまたかんかんに怒っていた。

「あらそう」ゆみはぷっと膨れて以後の沈黙を宣言する。「黙ります。すみません」

「これはまた、週刊誌のいいネタになっちまったわね」アート・ベーカリーの二階のリビングで雅彦とテレビを見ていた佳奈が笑いながら言った。

「神子田ゆみ君を虐めてはいかん」突然GODがそう言ったので、場内は静まる。「わしからすりゃあ、お前さんたちの質問、誰のだって五十歩百歩なんだよ」

客席が爆笑し、哲学者は顔を赤らめた。気まずさを払拭してくれたGODに感謝の笑顔を向けて岩間が言う。「ありがとうございますGOD。では改めてどなたからでも結構ですので、質問をお願いします」

誰の質問も五十歩百歩というGODの言葉に励まされ、信心深いサラリーマンとして紹介された視聴者代表の手があがった。彼はひと昔前のプレイボーイといった風貌と髪型の中年男性で、普段通りのダークスーツを着ていた。彼は立ちあがり、そのままでいいと岩間に言われてまた腰をおろし、遠慮がちに喋りはじめる。「GODの言われる五十歩百歩の質問かもしれませんが、あのう、これは裁判記録にありましたから一度お答えになっていることなんですが、再度うかがいたいと思います。というのは私にとって、あなたは人間とほとんど見分けがつかないんですよね。姿は借りてきておられるのだからいいとしても、動作といいお言葉といい、またその内容といい、多少難しくはありますがやはり明確な日本語ですから、私にはあなたが人間としか思えないんです。つまり、こうしてお見受けするところ、あなたは人間そのままの現実性を備えているんですよ。私は神を信仰しておりますが、神というのはもっと違うものではないか、例えば人間にはとてもわからないような詩的な言葉を喋るとか、人間の常識に反したわけのわからないことをしたりする、そんな存在ではないかと思えてならないんです。そのままのあなたを見ている限り、とても人間との区別がつかないんですよ。つまりは、あなたの現実性とか、あなたと私どもとの類比つまりあなたのおっしゃるアナロギアという問題になりますが、これを私に納得させていただけませんか」

天井の照明器具を点検しているかのように視線を上に向けてさまよわせながらGODは答える。「現実性というのはね、実体だけではなくて質、量、関係、行為、時、所などに備わっている現実性つまりエッセのことを意味しておってね、お前さんたちはそれぞれの身の程に応じてエッセを所有しておって、それがお前さんたちの本質つまりエッセンティアとなるわけだが、しかしわしはエッセンティアそのものがエッセだから、外からエッセを頂戴する必要はない。逆に言えばお前さんたちはわしからエッセのコピーを貰っておるんだ。つまりわしのエッセを分有しておると言ってもいい。その意味ではアナロギアは成立する。そしてお前さんたちの知性はわしのイマーゴ、つまりはかたどり、像として存在する。それこそお前さんたちが、お前さんたちの想像している神とは違った、わしの現実性だけを見ておる理由だ」

サラリーマンは不思議そうに言った。「難しいんだけど、なんだか腑に落ちました。不思議です」

「難しいから、わしは言葉と同時にお前さんの悟性にも働きかけておるんだよ。やさしく言い換えて時間を無駄にすることなく、お前さんに納得してもらうためにね」

哲学者が身を乗り出した。「するとですねGOD、あなたの知恵というのも人間の知恵とのアナロギアだということになりますが、そう思ってよろしいですか」

「いやいや。わしの知恵とお前さんたちの知恵というのは、お前さんたちの知恵がわしの知恵の一部であるとか、お前さんたちの知恵がわしの知恵の記号であるとか結果であるとかいうようなな、お前さんたちの外部にあるものの陰としてしか存在しないというようなものではないんだよ。知恵は人間の中にあるものだが、わしは知恵そのものなんだよ」

おう、という観客の感嘆の声の中、哲学者もまた、すぐに納得して頷いた。彼は一般視聴者のためにあまり難しくない質問をしてくれと局から頼まれていたのでもあったからだが、観客が感心したと知って安心し、質問を続けた。「あのうＧＯＤ、フォイエルバッハは、神は人間の幻想の創造物に過ぎないと言っていますね」

「ああそうだよ。お前さんたちの考えた神はそうだ」

「例えばそんな神であっても、神がなければすべては許されるという考えかたがありますが、これはＧＯＤ、そうなんですか」

「お前さんはわしの存在を暗示して言うておるが、その考えからどんな創造ができるというんだね。すでに創造されているこの世界をどう思うんだね。そりゃあまあ、もしお前さんたちの考えた神がいたとしたら、もとの混沌、カオスの状態も魅力的ではあると思うかも知れんがね。また何か創れるから」

理解できない話でいらいらしていたらしい五十代の主婦代表が突然疳高い声でＧＯＤに呼びかけた。「あのう、主よ。主よ。お教えください」

哲学者は顔をしかめて黙る。

GODが宥めるように言う。「お前さんの言う主とは、神のことではなくイエス君のことだろう」

「GODはイエスではなく、GODと呼んでください」と岩間が注意する。

「ああっ。失礼しました。いつも教会へ行っているもんですからあの」主婦はあきらかに家から用意してきたらしい質問をする。「あのう、マルコによる福音書には、明かりを燭台の上に置くのではなく、明かりの上に桝を伏せるという一節があります。たとえ桝がその光を覆い隠しても、そこに光があることは確かだということです。これは正しいのでしょうか」

GODはさすがに面倒そうだ。「密閉すれば酸素がなくなって明かりは消えてしまう。悪いがそれは誤りだ」

観客はまた笑うが、GODが聖書を否定したことでなんとなく危険な兆候を感じたらしく、笑いはさほど大きくない。

「GOD。あなたがこの日本に出現してくださったことを、私は本当に、本当に感謝しています」小出版社の社長という実直そうな顔の初老の男性が感激を表にあらわして言う。「この日本という国をあなたはどうご覧になったでしょうか。ああいやいや。あなたがずっとこの国を見て下さっていることは知っております。遍在、されておるんですよね」

GODは世間話の口調になった。「お前さんたちの国の、現在はやや廃れかけている習慣で、食事前と食後の『戴きます』と『ご馳走さま』、あれはいいねえ。他の国の『お祈り』

もいいが、この国の場合はあきらかに自然の恵みへの感謝がある。以前は『お百姓さんご苦労さん』だったがね。神への感謝よりも自然への感謝の方がずっと、まあそれがわしの苦心の成果でもあるだけにわしは嬉しいね。無宗教の者までが食卓に向って無言のまま手を合わせている。あれは実に好ましい」そう言ってからGODはまた、いつもよく言う言葉をくり返す。「祝福してあげたいが、あいにくわしは祝福ということをしない」

「あーっ。これ、わたしたちに言ったのと同じ言葉だわ」母親の千鶴子と一緒に居間でテレビを見ていた竹内暢子が叫ぶ。

「口癖かもね」と千鶴子が笑った。

「その日本人の、無宗教が問題なんですよGOD」GODに影響されたのか、社長もいささか馴れ馴れしくなって縋るような口調になる。「日本は無宗教の国になってしまいました。どの宗教も今や金儲けのための団体みたいなもんで、一般の日本人のほとんどはクリスマスとかお祭りとか葬式とか結婚式とか、そんな行事に利用するだけの宗教になってしまっています。このなさけない状態をどうお思いになりますか」

「通常、世界のほとんどの国の人間はみな祈るべきものを求め続ける。できるだけ多くの者と一緒に祈ることができるものを求める。だから世界中の人間が自分と同じものに祈ることを願って戦争する。自分たちと同じ神を信じるのでなければ、お前たちもお前たちの神も死んでしまえと言って殺しあいをする。ところがお前さんたちのこの国は、今ではほとんど無宗教の国だからそんなことはない。もともと八百万《やおよろず》の神のいる多神教の国だし、仏教もあればキリスト教もありオウム真理教まであったという国はほぼ無宗教に等しい。そんな国であるということをお前さんたちはむしろ喜ぶべきじゃないのかね」

「そうでしょうか。私には日本人が、信仰心を失って以来、考えることまでやめてしまったように思えるんですよ。例えば一般大衆です。信仰心を持つ国民なら意見を求められても毅然とした態度で堂堂と意見を述べていますが、わが国の国民がインタヴューされた時のあのなさけない言葉は、まさに痴呆的と言えます。私がこう思うのは、自分のことで恐縮ですが、私がいかにいい本を出してもまったく売れないということが証明していると思うんですよ。誰も本を買わない時代になってしまったんです。どんないい本を出版してもです。誰もが難しいことを考えようとしなくなっています。GOD。教えてください。出版社の社長として、私はどうすればいいんでしょうか。私には何ができるでしょうか」無宗教うんぬんは自分の苦境を救ってくれと言いたいがためのとっかかりに過ぎなかったようだ。

「本が売れないためにお前さんの会社が破産しかかっていることは知っておるよ。お前さんがテレビに出たりなどして懸命に稼いでも常に赤字だ」とGODは言った。「せっかくいい本ばかり出しておるのにな。お前さんにもわかっているだろうがあのろくでもない二冊を除けばの話だがね。とりあえずはお前さんの出版社を存続させることが求められているのだが、全体的に売上げが減ったことも知っておるし、本を読む者がずいぶん減ったことも知っておる。だからそれを逆手に取ればよろしい」

「えっ。逆手に取るとは、具体的には」

「よいかね。読者は自分の好みの本を読みたいのだ。しかし、すべての、あらゆる階層の読者が求める本というものはない。だから、『黒い本』を作ればよろしい。これは表紙も中身もすべて真っ黒な本だ。白い本という束《つか》見本のような本があるが、あれは買った者が何か自分の好きなことを勝手に書くための本だ。黒い本はそうではなく、買った者がすでに何か印刷されていると想像した上で、その黒いページから何かを読み取るための本だ。すでに存在する本が気に入らないのなら、この本を買って好きに読みなさいというわけだよ。これならあらゆる階層のすべての読者が読めるだろう」

「あのう、そんな本、売れますか」

「これが不思議に売れるんだよ。通俗的には『一家に一冊黒い本』などと宣伝すればよろしい。たった五百四十円だ。持ち歩くのが流行になり、飛ぶように売れるだろう。お前さんはこの本に著作権を設定するのではなく、この本の販売特許を取ればいい。世界中で真似されるからね。それくらい売れる。日本だけでも百二十三万八千部だ」

「あらっ。そんな本ならわたしだって欲しいわ。アクセサリーにもなるし、そうよ。ファッションにもなるんじゃないかしら」神子田ゆみが珍しく素直になって叫んだ。これには誰からも文句は出ない。

急にもぞもぞと身動きしはじめた小出版社の社長に、GODは言う。「いやいや。誰かに先を越される心配はないから、今この場から退場してすぐ取りかからんでもよい。お前さんは明日から出版の準備を始めなさい。最初の模倣が出るのは今日から四十八日めだ。ところで」GODは岩間仁志に顔を向けて言った。「わしが今こんなことを言ったために企業の人間が金儲けの方法を教えろと言ってくる。だがそれを教えるのはこれ限りだ。今この番組を見ている者からそんな電話がたくさんかかってくるが、それはすべて断るように」

「わかりましたGOD」岩間が笑いながら言う。「おわかりですね皆さん。お金儲けの方法や企業の経営方法に関する質問は、以後すべてノーです」

「あのうGOD」笑いが起ったのをきっかけに、出演がいちばん遅く決定した大企業のコンサルタントが質問する。テレビの常連であり、いつもの洒落たスーツ姿の中年で、視聴者にとっては鋭い細面が印象的だ。「GODがそのように、未来のことをすべて知っておられて、ひとつひとつの企業の経営状態がどうなるかまで熟知されておられるのには驚きます。それは恐らく裁判でも言っておられたモナド、つまりあなたが作られたプログラム通りになることがすべて決定しているからだと思うんですが、そのモナドは変更されることはないんでしょうか。でないと、人間には現状を変えようとする自由もないことになりますが」

GODが答える。「ライプニッツ君が人間の精神の自由について言っておる中で、事物についてのどのような完全性、実体性もすべて神によって連続的に生み出されているのに対して、制限や不完全性は被造物つまりは人間によって生み出されていると言っている。だがこれはわし、つまりGODに関しては間違っている。まず、わしはお前さんたちの神ではない。そして制限も不完全性も実はわしによって生み出されているんだ。そういうものも含めたモナドがわしには可能なんだよ。お前さんたちの、現状を変えようとする努力がいかに、いつ、どうやってなされるかも知っておる。その努力こそがわしのモナドには必要なんだ」

大企業のコンサルタントはあくまで食い下がった。「でも、そのモナド自体が変ることはないんでしょうか。例えば今おっしゃった人間の努力によって、あなたがプログラムされた方向とは違う方向に向かうことはないんでしょうか。モナドを定められたGODには失礼ですが、わたしには、どうも世の中が良くない方へ向っているように思えてならないんです。それを変えようとする努力は無駄なんでしょうか。それが無駄に終るということまで、なぜあなたにはわかるんですか。つまりGODが、現在の企業の経営状態がどうなるかはご存知であっても、ずっとずっと先のことまで、どうしておわかりになれるんでしょうか」

「それは、わしがすべての情報の全体を保存している絶対的なモナドだからだ。これが完全であるのは、部分的にはお前さんたちの精神のような不完全なモナドには現れない、お前さんたちが未来と呼んでいる時間に現れるものの情報をすべて含んでいるからだ。つまりわしの絶対的な記憶にとって、未来はすでに与えられているものなんだよ」

「そうですか」質問者はがっくりとしてうなだれてしまった。

さっきから手をあげてはおろししながら、なかなか自分の分野に話が及ばないのでいらいらしていた美人の政治評論家は、コンサルタントが考えに沈み込んだ機会にやっと話し始めることができた。彼女はふっくらとした美人で、艶やかな赤い服を着ていて、最初からずいぶん目立っていた。「GODはよくご存知だと思いますが、今わが国は世界中から歴史認識の問題で非難されています。国連事務総長までが、国連事務総長でありながら歴史認識について日本を名指しで批判しています。ええ。あの、韓国人の金輪際国連事務総長のことなんですが、これをどうお思いになりますか」

韓国嫌いで有名なこの女性の政治評論家の発言に控室の美彌子がちょっと苛立つ。「GODになんてこと訊くのよ」

GODもさすがに面倒臭そうだということが、美彌子にはわかった。「歴史認識なんてお前さんたちにできるもんか。できるのはわしだけだ」

わが意を得たりというように評論家は大きく頷いた。続けて何か政治問題を訊ねようとしていた彼女は、隣席の若い作家が突然立ちあがったのに驚いて言葉を失う。作家は切実に訊ねたいことがあり、最初からきっかけを窺って心疼く様子だったのだが、あまりにも勢いよく立ちあがり、立ちあがるなり喋りはじめたので、岩間キャスターも椅子に掛けたままでよいと声をかける機会を失ってしまった。作家は白いワイシャツ姿であり、白い顔が尚さら白く見えた。

「あのうGOD、ぼくは作家です。小説を書いています。それで今、悩んでいることがあります。最初のうちは自分が書きたいことを書いて、これを書けば読者は感動するだろうなあなんて勝手に思って書いてました。でもそれじゃ駄目だったんです。新人賞にも全部落選しました。だけどそのあと、編集者にいろいろと教えてもらって、小説の本来の書きかたというものを学んだんです。それで新人賞を取りました。小説も売れはじめました。だけどそれってよく考えたら、自分の書きたいものからどんどん遠ざかっていくようなものなんです。こんなもの書いていていいのかなあ、だとか、こんなもの書いて、自分は大丈夫なのかなあなんて思うんです。今ぼくはそれで悩んでいます。どうすれば自分の書きたいことが書けて、しかも読者に喜ばれて、作家としても成長する、そんな作家になれるんだろうか、それが悩みです。どうすればいいか、教えていただけませんか」

「ふん。お前さんはジャン゠フランソワ・リオタール君の本を読んでおらん。その種の議論なら今のところ彼が一番の優れものだ」

「あのう、名前は知っているんですが、なんだか難しそうで」

「じゃあやさしく言ってやろう。正確には、やさしく言ったためにリオタール君の言っていることと微妙に違ってくる場合もあるが、まあいいだろう。リオタール君は、政治の技術と芸術の間には相関関係があると考えた。政治が形而上学的な理想を形成しようとする時の様態と、芸術がギリシャ語で言うテクネー、つまり技術のモデルが、プラトン君以来詩を『鋳直し』や『型押し』として考えられてきた様態だ。プラトン君の『国家』にも書かれているように、政治の問題は人間の共同体のために善のモデルを遵守することにある。政治哲学が芸術を見習ってきたと言ってよい。これが中世、ルネッサンス、近代へと時代によって変化しながら続いてきた。ところがナチズムがこの関係を逆転させてしまった。芸術が政治の役を果たすようになったんだ。ナチはありとあらゆる形態のもとにエネルギーの全体的な動員をするため、メディア、大衆文化、新しい技術などを大いに利用した。そして『トータルな芸術作品』というワグナー君の夢を実現した。実はだね、今日の政治もこれとは別の正当化や時には正反対の議論のもとに、やっぱり同じ症状を呈しているんだよ。近代民主主義では大衆の意見が、リオタール君がテレグラフィック、つまり遠隔映像的と言っている手続き、規制したり記述したりする様ざまな種類の遠隔記入によって鋳直されなければならないという原理でヘゲモニー、要するに人びとの意見による主導権が存続している。だけどナチズムが勝利したのもまたこの方法によるものだった。しかしこれに従属しない思考やエクリチュール即ち書く行為は孤立化させられて、カフカ君の作品のテーマが展開しているようなゲットーへと追い込まれてしまう。ゲットーと言っても単なるメタファーじゃないよ。何かの隠喩じゃないんだ。実際にワルシャワのユダヤ人たちはただ単に死を約束させられていただけじゃない。彼らはナチがチフスの脅威に対抗するため建設することを決めた壁をはじめとして彼らに対する『予防措置』の費用まで負担しなけりゃならなかった。現代の作家にとっても事態は同じだよ。作家たちがこれに抵抗すれば、ただ消え去るようにあらかじめ定められてしまう。つまり作家たちは自分たちの予防措置である『防疫線』を作るのに貢献しなきゃいけないんだ。そうしている限りはこの防疫線の庇護のもとで作家たちの破滅は遅延させられる。作家たちはその作品がコミュニケーション可能なもの、交換可能なもの、つまり商品化可能なものになるよう自分の思考のしかたや書く方法を変えることによって、ほんのつかの間の空しい延命、作家生命の遅延を『買う』んだ。ところがだな、こうした思考や言葉の交換や売買は、逆説になるが『どのように考えるべきか』『どのように書くべきか』という問題の最終的な解決に貢献しとるんだよ」

「えっ。それは何故ですか」

「つまり、人びとの主導権を一層確固としたものにする、ということに貢献しておるんだよ。このリオタール君の考えかたは正しいもの、真であるとわしは決定している」

「難しいんだけど、GODの言葉で聞かされると、なんだかすっきりと腑に落ちます。ぼくはまだまだ悩まなければならなかったようですね」

「お前さんが思考しなければならず、書かなければならず、その限りにおいて抵抗しなければならないというこの指令の送り手は、いったい誰なのか、その正当性はどのようなものか、こうした問いかけこそがまさに開かれたままの問いかけなんだよ」

　最後の方はあきらかに彼の悟性に直接語りかけられたらしいのだが、若い作家はＧＯＤの声で説明されたことによって、ただそれだけであったとしてもなんだか満足そうだ。彼は緊張が解けたためかややぐったりとして椅子に沈み込む。

「実はわたしは、あなたという存在に疑念を持っていたんですが」と哲学者が言う。「今ではっきりと信じていると申し上げます。それでも今まで、神学者はともかくとして、哲学者たちはあなたのような存在を、いろいろ議論は戦わせてはいましたが本気で信じてはいなかったと思うんです。で、そもそも一般の人たちは、神が在るということをどうやって証明しようとしてきたんでしょうか。あるいは証明なんてできないままに信仰だけがあったのか」

「神が在るということは、信仰心のある人びとにとっては自明のことだったので、証明する必要なんてなかったし、別の人びとは、神があるというのは証明不可能だから、つまり神の本質なんて人間には認識できないという観点から、それは信仰によって保持されるべきだと考えた。つまりどちらも信仰が基盤になっていたんだが、今は信仰のない時代だ。だからこそ神の存在証明などを求める」

「ところがあなたはご自分を、神以上の存在だとおっしゃる。だからあなたは宗教上の神ではありませんよね。あなたはあきらかに、人間が考え出した神ではない。そんなあなたに、いちばん近いところまで思索的に接近した人間はいますか。一般の視聴者のために、やさしくお答えください」この哲学者はさすがにその答えを知っていた。彼はGODに、自分は先刻承知しているのだがと言いたげな眼差しを送った。彼は今や自分が完全に信じてしまっているGODという存在を一般にも信じさせようと努力する気持になっていて、なんとGODに対して仲間意識めいたものまで持ちはじめていたのである。

GODは頷いてテレビへの順応を示し、哲学者の願いに応える。「アリストテレス君とか、トマス・アクィナス君とか、ヴォルテール君とかだな。他にもいるが。みんな接近の方法は違うがね。トマス君は、神そのものは否定していないがイエス君を否定した。そして宗教上の、人格を持った神は否定したんだ。彼は神がいなかったら、神を発明しなきゃいけないと言ってるね。この国のいろんな新興の宗教団体みたいにな。それから否定されたイエス君だが、まあトマス君だとかシュトラウス君やバウアー君もイエス君を矮小化したり抹殺したり、イエス君についてはずいぶんひどいことを言っている。実際には、イエス君はそんなひどい男じゃない」

「裁判では優れ者、とおっしゃっていましたよね」哲学者は満足げだ。キリスト教関係者から憎まれたら面倒なことになる。

「GOD」とSF評論家が言った。彼はまだ若かったが、テレビ慣れしているせいもあってか、世慣れた口調で話しはじめた。「わたしは以前、あなたのような、宗教がらみではない神を小説に書いたSF作家を知っています。その作家はその存在を神とは言わずに、宇宙意志と書いていました。そこで伺いますが、あなたを宇宙の意志だと思っていいのでしょうか。それから、もしそうだとしたら、あなたの意志の究極の理由とは何ですか」

「わしは宇宙の意志だし、その意志の理由はわしの知性だよ」

「ではあなたの知性の究極の理由とは何ですか」

「これは存在しない」

全員が、えっ、と驚く。

GODは言った。「1＋1＝2というのは事象の本質やイデアに基づくもので、事象の本質は数みたいなものだからね。これに理由を与えることはできないんだよ」

またしても全員が考え込んでしまった。岩間はGODの答えが次第に難しくなり、一般の視聴者にはわかりにくくなっていることを心配しはじめていた。しかし居酒屋では作業着の連中が熱心に聞き耳を立てていて、難しすぎると言って怒り出す者は誰ひとりいなかった。コマーシャルが入るたびに罵声があがるだけである。「また『ウンコの力』か。やめんかい」一般家庭の多くでも同じだった。難しければ難しいほどGODを神と信じる気持が強くなっていった。これを聞いておかなければ一生後悔するのではないかと思いはじめていたのだった。

まだ発言していなかった最後の一人、科学評論家が、これこそ日本の最終的な大問題だとでも言いたげに、若さに似合わぬ白髪を振り立てて喋りはじめた。「ＧＯＤ。これだけは是非教えてください。ご存知の筈の、あの原発の廃棄物ですが、どの地域も地域エゴイズムによって処理場の建設に反対してばかりいて、最終処分場はひとつも決っておりません。このままあの放射性廃棄物があちこちに放置されたら、われわれの子孫に大いなる負の遺産を残してたいへんな迷惑をかけることになりますし、この状態が世界中に蔓延すれば、いやもう、そうなることはわかりきっているのですが、やがては人類滅亡に至ると考えられます。いったいどうなるのか。いやいや。未来のことをお話になれないことは承知しておりますので、せめてわれわれがどうすればいいのかをお教えください」

何を質問されるのか、とうに知っている様子でＧＯＤは応えた。「どうなるのかはわかっとるが、今教えられることはだな、お前さんたち、自然の欲求に従って大便を垂れるだろう。その大便は自然に還ってゆく。それと同じだ。お前さんたちは科学によって自然のウラニウムから原子力による発電を成功させた。だからそこから出る廃棄物も科学によって自然に還せばいい。言っておくが地中に埋めたり宇宙へ捨てたりするのは科学ではないぞ。現在お前さんたちはあれに中性子照射をして核分裂させ、核種変換という消滅処理をすべく研究しとるが、無論あの努力は買うし過ちではない。しかし、あれでは駄目なんだよ。もっと他のこともやらなきゃならん」

「そうなんですよＧＯＤ」突然大声をあげてあの真面目そうな信心深いという触れ込みのサ

ラリーマンが立ちあがった。

「あっ。立たないでいいんですよ」

岩間が急いで注意したが、彼はかぶりを振った。その表情には懸命さがあらわになっている。

「いや。立ったままで言わせてください。これは大事なことなんです。GOD。GOD。今のお話にもありましたが、世界は今、環境汚染という意味からも崩壊しかけています。でも、今のGODのお言葉では、世界の環境汚染に歯止めをかけるというようなことも、しては下さらないんですね」

「あたり前だ。そんなことしたら発展途上国はいつまでも発展途上国のままだ。進歩がなくなる。自然の進歩に任せるという方法が、この世界を創造する最初にわしが決めた方法だからね。戦争だって進歩のひとつの表情だよ。ついでに言うと退歩とか退化とか退行とかも進化のひとつの表情だ」

「いいえGOD。わたしが申し上げているのは退歩とか退化どころの話ではなく、崩壊の恐れを申しあげているんです」男は眼に涙を浮かべていた。「わたしが言いたいのは今、世界を毒している信仰の問題です。はい。わたしは自身キリスト教信者でありながら、敢て申しあげたい。このキリスト教にしてからがカソリック教徒によるサン・バルテルミーの、プロテスタントであるユグノーの大虐殺をはじめとして十字軍によるイスラム教徒の殺戮など、同じ宗教であると異教徒であるとにかかわらぬ殺戮をくり返してきました。そして今や、イスラム教各派による互いへの殺戮がくり返されています。まさにＧＯＤが先ほどおっしゃったような、人間が自分と同じものを信仰させようとして他と戦争する、自分たちと同じ神を信じるのでなければ、お前たちもお前たちの神も死んでしまえと言って殺し合いをするという状況です。現在イスラム教では異なった派が殺しあい、過激派はもはや見境いなしに自分たち以外の者を殺戮しています。しかも世界中でこの過激派に加わろうとする者が後を絶たない。いずれイスラム教が世界最大の宗教になるだろうと言われていますが、一方では戦いによってどんどん人が死んでいく。このままでは世界は破滅です」彼は泣きはじめた。泣きながらも彼は懸命に訴える。「ＧＯＤ。あなたの力でこのおかしくなった宗教全体をどんな宗教にかかわらずいったん御破算にしてしまうことはできないのですか。キリスト教がなくなってもわたしはかまいませんので、何とか世界中の宗教を統一して、ＧＯＤ、あなたのもとに、たったひとつにしてしまうことはできないんでしょうか」

ＧＯＤはゆっくりと言う。「お前さんは、そんなことはできないとわかっていながら駄駄をこねている」

「ＧＯＤ。ああ、ＧＯＤ」男は号泣しながら自分の机と隣席の作家の机の隙間を尻で大きく拡げ、ステージの前面にまろび出てきた。彼はよろめきながらＧＯＤの掛ける椅子の下に倒れ臥し、ＧＯＤを見あげて叫ぶ。「ＧＯＤ。それではあなたに対して『ホザナ』と叫んではいけないのですね。無駄なんですね。『救い給え』と叫んでも、救ってはくださらない」

「そう叫んでもよいと言ったら、わしはお前さんたちの言う悪魔になってしまうんじゃないかね」

「では、人類は絶滅するんですね。それをあなたは、助けてはくださらない。それはなぜですか。なぜですか」号泣しながら彼は叫び続けた。「なぜですか。なぜですか」

このサラリーマンの状態がもはやただごとではなくなってきたので、岩間キャスターが合図し、下手の袖からは加藤淳也と三人の警備員が飛び出してきた。彼らはサラリーマンを両側から抱きかかえ、下手に引きずり込む。

騒ぎがおさまると、GODはいつもの通り淡淡と話しはじめた。「お前さんたちはまさか、このまま人類の繁栄が永遠に続くと思っているんじゃあるまい。いずれは絶滅する。それは確かなことだ。モナドによって定められたことなんだから。それがいつかということは教えてやれないがね。そしてお前さんたちの絶滅後も宇宙は存続する。どんな形で存続するかも、お前さんたちがモナドに反抗してぶっ壊そうとするだろうから教えてやれないのだが、ただこれだけは言っておこう。お前さんたちの絶滅は実に美しい。お前さんたちには不本意だろうが、わしにとってまことに美しいのだ。お前さんたちにはそれを慰めにしてもらう他ない」

2

「GOD。たいへん失礼いたしました。あの人があいうことをする人物だと思ってはいなかったものですから」

岩間キャスターのこの弁解に、笑う者はひとりもいなかった。誰もが考え込んでいた。こうなることは先刻ご承知のGODは、まったく表情を変えずにあいかわらず天井のあちこちに視線をさまよわせている。

この静寂をチャンスと見て、今までの深刻な議論がまるで何でもなかったかのように女性ふたりが次つぎと喋りはじめた。政治評論家は中国や韓国と仲良くするためにはどうすればいいかとか、集団的自衛権をどう思うかとか、その他何やかやの時事的問題を次つぎと矢継ぎ早に質問して、その退屈な時間が最終的な問題の議論のために必要な時間であることを知っているGODをさえうんざりさせた。信心深いという触込みの主婦は聖書とダーウィンのどちらが正しいかなどという古臭い問題を持ち出して、この女もしや狂信的な福音派ではないかと岩間や美禰子をどきりとさせたものの、実はプロテスタントとカソリックの違いもよくわからぬ無教養の女であると知って安心する。だが、そのような三、四人による質問、本質的ではないが一般には面白くてよくわかりそうな質問は小一時間も続いた。さすがに岩間はインテリだけあって、このまま終ったのではどうしようもないと悟り、大声で注意を促す。

「さて、残り時間も僅かになってまいりました。ここからはまだ提出されていない大切な質問、つまりはGODという存在のありかたについてわれわれはどう向かい合うか、さらにはこの無限の宇宙についての質問に限らせていただきます。あとお二人か三人しか質問していただく時間はありませんが、どなたかお願いできませんか」

全員がしばらく黙り込んだ。哲学者は自分の質問によって一般視聴者に理解できない議論になることを恐れ、黙っていることに決めたようであった。

科学評論家が、若白髪の頭を少し傾げてゆっくりと手をあげ、ほっとしたように岩間が頷くのを見て喋りはじめた。「あのうGOD。あなたの存在の無限性を肯定しようとするものに、例えば数学の方では多様体論または集合論がありますが、これについてはどうお考えでしょうか」

GODは答える。「あれはプラトン君の言うエイドスとかイデアとか、あるいはミクトンというものに極めて近い。エイドスやイデアはお前さんたちもよく知っているだろうから説明は省くが、ミクトンというのは無限定なもの、確定されていないものを意味するアペイロンに対立するもので、また限界を意味するペラスにも対立する。つまりミクトンはこの両者を秩序づけた混合体だ。数学的無限は可変的で、いかなる限界も越えて増大するか任意の小ささまで減少するが、あくまで有限に留まると言ってるから、これは本来の無限ではないな。だからこれを悪無限などという者もいるが、これは言い過ぎだろう。数学や自然科学への応用価値は高いからな」

「では、あなたのおっしゃる無限というのはどういうものですか」

「お前さんたちはまだそれを数学的には証明しておらん。今は理論上、概念上の欲求が飛躍することを恐れて、飛行限界を守らせようとしておるからな。その限界内であれば恐れやためらいを抱く者に『すべて大丈夫』とされて、超越的なものの深みに陥る危険性はない。しかしこれは有用性の観点から言うておるに過ぎん。ロック君、デカルト君、スピノザ君、ライプニッツ君が一致して言うておるのは、数には数の有限性があり、わしのような絶対者、無限者にはいかなる規定も許されないということだ」

「ではわたしたちには、それは証明できないということですか」

「いやいや。無限集合というのは、お前さんたちが思っているような、そんなおどろおどろしいものではないよ。無限集合も含めた集合論には形式論理学が適用されるから、お前さんたちの有限の言語でも記述することができるんだよ」

「でも、なんでわたしたちには無限を考えることができないんですか」

「これはしかたがない。お前さんたちの悟性が有限だからだよ。無理に考えようとすればカントール君みたいに気が違ってしまう。まあ彼の場合はすぐに治ったがね。フレーゲ君はカントール君を否定して、算術の基礎にわしのような全能者を想定してはならんと言ったが、別にそうしたっていいんだ。無限を考える時に、区別すべきことが二つある。量に関する無限と、本質に関する無限だ。量に関する無限の理論的構造としては、現代では集合論があるが、本質に関する無限は現代では姿を消しておるなあ。お前さんたちは理性的存在者なんだから、知的な営みに於いて明らかに本質の無限とかかわっておるのに、現代では顧みられておらんし、ごく稀な問題になってしまっておる。だいたい量に関する無限なんて実在世界では存在しないんだ。トマス君の言うように、量に関する無限なんて、本来的に備わっている筈の限定の欠如に過ぎない。つまりそれは現実には存在する筈のない一種の不完全さに他ならんのだよ。だからわしがどういう存在であるか、わしが何であるか、つまりその本質つまりエッセンティアをお前さんたちが直接知ることができないのは、お前さんたちの知性が、お前さんたちの感じることのできる世界の事物のエッセンティア、つまりそれが何であるかを問いかけたり知ったりするのと同じ方法では、わしが何であるかを問いかけたり知ったりすることはできないということなんだよ。わしを知ろうとするお前さんたちの知性の努力は、わしの名前を言語で記述しようとする能力の限界において、ただ、わしがそのエッセンティアにおいていかなる限定も一切免れているものだということ、つまりその本質において無限であることを明らかにするだけなんだよ。エッセンティアにおいて無限ということは質量や通常のエイドスからの限定からも免れている存在者だ。この最高のエイドスであり、如何なる本質に対してもその存在の原因である存在者がわしなんだよ」

科学評論家が考え込み、またしてもしばらくの静寂が訪れた。

ＧＯＤの答えが終っていることを知り、岩間が急いで言う。「それではあとお一人しか質問できない時間になってしまいました。どなたか、最後のご質問をお願いします」

若いＳＦ評論家が、これこそ最後の質問、これ以外に最後の質問はあり得ない筈だという自信をあらわにし、手もあげずにゆっくりと喋りはじめた。「ＧＯＤ。ご存知とは思いますが、わたしの専門のＳＦの方で、多元宇宙という考えかたがあります。例えばタイムパラドックスというものなどもそうなんですが、過去や未来に行ったとしたら、行ったこと自体がパラドックスを生むわけだから、そこで世界は存在のかたちを変えたりします。つまり行った先がもとの世界ではないという可能性です。そして、行った者が戻ってきても、そこもまた別の世界であるということがあるかもしれません。多元宇宙、または平行世界とも言っていますが、そういうものについてはどうお考えでしょうか。というか、ああいうものはあり得るのでしょうか。実際に存在するんでしょうか」

「世界がそうであったかもしれないという可能世界は確かに存在する。それを主張する連中がいてね。これは可能主義者と呼ばれているが、一番の可能主義者はデイヴィッド・ルイス君だろうね。彼はある程度正しいのだが確かに世界がそうであったかもしれない多くのあり方があって、そのうちのひとつがこの世界だという、様相実在論の命題を彼は主張しているんだ。多くの世界の中にはお前さんたちのいない世界もあるし、ヒトというものが存在しない世界だってあり得る。それどころか不可能世界だってあり得る。つまり矛盾することが真実であるような世界だ。また物理定数の値が異なっていて、生命の出現が不可能という世界もあれば、自然法則がまったく異なっている世界、電子やクォークの代りに異質の粒子があって、電荷や質量やスピンの代りにまったく異質の物理的性質を持っているかもしれんという、そんな世界だ。デイヴィッド・ルイス君の言っているそんな世界もまたあり得る」

堤の家の応接室でテレビを見ながらブランデーを飲んでいた上代警部は、このGODの発言を聞いて堤に言った。「これだ。GODがこの世界にやってきた理由はこれじゃありませんか」

「鋭いな」とブランデー・グラスを掌の中でまわしながら堤も言う。「わしもそう思う」

しかしSF評論家は不満そうだ。彼は口を尖らせてGODに言う。「あのう、さっきからあり得る、あり得るとばかりおっしゃっていますが、あなたならそんな世界があるかどうかは、はっきりとご存知なんじゃないでしょうか」

「可能世界には、お前さんたち一人ひとりが考えた自分自身の理想の世界も含まれるんだよ。パチンコをしながら漫然と考えたどんな滅茶苦茶で不完全で断片的な世界であってもだ。犬が思う理想の世界、赤ん坊の脳が思う世界、はては胎児の抱く理想の世界、『蚤の息さえ天まで昇る』んだ。そんな世界はもうあり得るとしか言いようがないじゃないか。それじゃまあ、ひとつだけ教えてあげようかね。わしやお前さんたちがここでこうして存在しているのもひとつの可能世界に過ぎないという証明だ。つまり、これが単に小説の中の世界だとしたらどうだい。読者にしてみればわしやお前さんたちのいるこの世界は可能世界のひとつに過ぎないだろ。お前さんたちだってわかっているじゃないか。これが小説の中の世界だってことが」

ああ、という顔で全員が不具合を感じ、身をよじらせる。あはは、と神経症的に笑う者もいた。SF評論家も顔を伏せ、小さな声で「パラフィクション」と呟く。下手の袖に立つ加藤淳也までが俯いて「それ言うたら、おしまいとちゃうんけ」と呟いている。

「逆に言えばだよ、われわれの世界から見れば、これを読んでいる読者の世界こそが可能世界のひとつだということにもなる」GODはなんだか面白がっているようでもある。しかしこの時にはすでに誰もが、ああこれでもう終りなんだということを感じ取っているようでもあったのだ。

沈鬱に、観客も、視聴者も、ひとしなみに首《こうべ》を垂れて溶暗に吸い込まれて行く。ステージは川底のように青を基調とした流れの中にあって神子田ゆみの表情が揺らぐ。エンディングの音楽は本当に台本通りであるのかどうか、ラヴェルの初期の「亡き王女のためのパヴァーヌ」だ。藍、紫、緑と変化する照明は番組終了を告げる岩間キャスターを混沌の宇宙を示すスクリーンの上に浮かびあがらせるのだ。それにしても番組はほんとに終ったのか。もはやGODの姿はどこにもない。出演者たちの袖への引っ込みを見よ。まるで敗残の兵または墓場に戻る幽鬼の群ではないか。お茶の間や居酒屋に取り残された視聴者が望むGODの声と姿は、ただ彼らの脳の中を彼方へと去って行くのみ。

3

「GODについて、わしとお前さんが話すのは、これが最後、という気がするよ」本署の屋外喫煙所で堤は、これからGODに逢いに行くという報告をしに来た上代真一警部にそう言った。

約束通り裁判から十八日後のことだ。高須美禰子からの電話でGODからの逢いたいという伝言があったのだった。GODから何を言い渡されるものやら知れたものではなく、実は上代もGODのことを堤と話すのはこれが最後という気はしていたのである。

「堤さん」と真一は言った。「何があろうと堤さんだけがこういうことについてお話できる人です。でも今日のご報告は、できないかもしれません」

「わかっとる」堤はまた惚れ惚れとした眼で警部を見た。「行ってきなさい」

そう。すべてはGOD次第なのである。上代はある種の覚悟と共にタクシーでGODのマンションに向った。三階のエレベーター・ホールに、もう加藤淳也の姿はない。真一を迎え入れてくれたのは美禰子だった。案内されたリビングには、いつもこの部屋に詰めていた伊藤治子もいない。GODはベランダに近い応接セットのソファにいた。背筋を真直ぐに伸ばして座る癖のあるGODには、この沈み込んでしまうようなソファは何となく座り心地が悪そうだ。GODと向き合う形で真一は肘掛椅子に掛けた。

「わしには水を。上代君には珈琲だ」と、GODは美禰子に言う。

GODがそう言うのだから警部は珈琲に決まっている。美禰子は真一に確認することなくリビングの隅で珈琲を淹れた。

「堤が」と、真一は切り出した。GODがいつまでも無言だからである。「よろしく申しておりました」

「君たちは一緒にテレビで、わしの話すデイヴィッド・ルイス君の可能世界について聞いたわけだが」と、GODは真一の思考が堤との会話の内容を思い出したところで話しはじめる。「あの時わしは彼のことを『ある程度正しい』と言ったのを覚えているだろう。ではどこが間違っているかというと、彼は可能世界はそれぞれ孤立していて、異なる世界に属するものの間にはどんな時空的関係もなくて、ひとつの世界で生じることが他の世界で生じることとの原因となることもなく、また世界は互いに重なりあうものでもなく共通部分も持たないと言っているのだが、これが間違いだ。『ただし内在的普遍者だけは例外かも知れない』などと、何やらわしのことにも触れてはおるがね」

ＧＯＤはまたしばらく黙った。真一には、自分の思考がＧＯＤの言葉に追いつくのを待ってくれているのだということがやっとわかった。

「ではこの世界が他の世界と空間的に重なり合ってしまったんですね。それであの片腕や片足が出現したわけだ。その世界は、この世界と隣接している世界だったんですか」

「量子力学で言えば、同じ物理定数を持つ可能世界は量子的に分岐した世界として、必要な範囲内の近似値が小さいほどこの世界と隣接している。これらは可能世界において、自発的対称性の破れの瞬間に『分裂』によって作られた世界だ。共通部分も多くある」

「では、その世界にはアート・ベーカリーもあり、紺野雅彦と佳奈の夫婦もいた。逆に言えばこの世界になかったのはあの片腕と片足だけだったんですか」

「いや。この世界に存在しなかったのは関早智子君だ」

「あっ。ではあの片腕と片足はその人の」

さっきからずっと会話を耳にしていた美禰子は、水と珈琲を運んできて、警部の大声と話の内容に吃驚し、フロアに座り込んでしまった。

「そもそも関早智子君はアート・ベーカリーで最初に雇われたアルバイトの美大生で、動物のバゲットを作りはじめたのも彼女だったのさ。この娘がこの世界の存在でなかったことはさいわいだったと言える。この世界の紺野雅彦君は、隣接する世界でもそうだったのだがそれ以上に、とても彼女を制御できる者ではない。もう言わずともだいたいのところは察しがつこう。オーナーを誘惑して肉体関係を持ち、自らが売り上げを伸ばしたと主張して店の権利の一部を奪おうとし、さもなくば妻の佳奈に自分との情交を明かすと脅迫した。その夜、中地階の作業場で雅彦君はこの娘を殺害した。パンを切る包丁でな。そして五体をばらばらにした。さすがに中央の大テーブルは使わなかった。木製の作業台から血を洗い流すことは不可能に近い。石畳の床で切り離したのだがこれには長い時間がかかった。だがさいわいなことに、朝になっても掃除婦の斉藤菊枝君は来なかった。彼女はその世界に存在はしていたものの、アート・ベーカリーには雇われていなかったんだ。働き者の関早智子君がすべて自分で掃除していたからな。雅彦君は配達用の車で彼女の身体各部を運び、人目のないそれぞれ別の場所へ捨てた。そのうちのふたつの場所がこの世界の時空間と重なっていて、自発的対称性が破られた。河川敷と公園だ。このふたつの場所から綻《ほころ》びが発生した。知っているだろうが、綻びというものは抛っておくとどんどん拡がってしまい、収拾がつかなくなる。この世界で言えば最終的には地球規模の破滅につながるほどに拡大するんだ。実際には破滅するまでに世界は破綻的恐慌に見舞われるんだがね。どんな恐慌だかお前さんは知りたがっておるから教えよう。例えば向こうからやってくるのはお前さん自身で、しかも二人だ。その二人のドッペルゲンガーは半身が空間的に重なりあっている。またスーパーマーケットでは商品棚に挟まれた通路が無限に彼方へ延びていて、レジにはとても辿りつけそうになかったりする。こういうことが無数に発生して社会的恐慌となるんだが、この段階ですでに世界は破滅同然だろうね」喋り続けたため結野教授の舌が乾いたのであろう、GODはここで水を飲み、真一も慌てた様子で珈琲に口をつけた。

ひと口飲んだあと、真一は訊ねる。「GODがこの世界に来られたのは、いや、この世界の人間に憑依されたのは、当然その綻びを繕《つくろ》うため、あっ、あの、繕う、でよろしいんでしょうか」

「いいよ」

「宇宙に遍在されているGODが、この繕うべき綻びに気づかれなかったというのが不思議なんですが、やはりGODにも守備範囲というか、モナドの領域というものがあったわけでしょうか」

「人間の言葉で説明するのは実に難しいが、その辺はライプニッツ君が近いところまで考察しておるよ。つまりわしは、ある世界に対して現実に存在すべしと決定する前に、その世界を可能的なものとしてまず考察する。そして何らかの形而上学的な、または自然学的必然性の決定や帰着は項の分解や自然法則から論証されると彼は言っておる。お前さんたちにとっての『未来の偶然的なものの真理は決定されている』と普通一般に言われているような意味で、偶然的なものに必然性を与えるのではなく、確実性と不可謬性を与えるような決定は決して『始まった』のではなく、常に『あった』のだ。わしは可能世界を考察して、そのすべての可能的なもの、『偶然的ではあるが、にもかかわらず誤ることなくすべての可能的なものと結びついたものとしての出来事』を完全に認識すると同時に、そのものの現実存在に伴うすべてのものを理解する。つまり完全に知るのだ。必然的真理がわしの知性だけを含んでおるのと同様に、偶然的真理はわしの意志の決定を含んでいる。無論わしは可能世界の他の法則、つまり他の原初的決定を選択すれば、それに従って事物の他の系列が現れることを知っている。しかしそれがあくまでも可能世界の中で起ることでしかないのは、わしが決定することをまだ定めていないからだ。そしてまたわしが可能世界の決定から、可能世界からこの世界へ移されるべき諸法則に関する決定を行う以上は、もうわかるだろう、わしが、自分がすることをまだ知らないようなことをする筈はないんだよ」

「あっ」と真一は叫んだ。「ではあの、片腕と片足がこの世界に送り込まれてきたのも偶然ではなく、GOD、あなたのなさったことなんですか」

「お前さんの言う『モナドの領域』を守らねばならない事態の発生もモナドに含まれていた。わしの知恵がそうさせたんだが、お前さんはまだ納得しておらん」

「ええとですね、警察官としての立場から順に伺うのは取調べじみているわけでGODには失礼にあたるでしょうか」

「かまわんよ」

「今のように結野楯夫教授に憑依される前、あなたは美大生の栗本健人に憑依されていました」

「徐徐に、な。彼自身の意識を完全に喪失させたらいろいろと具合が悪い。パリ行きの航空券を偶然手に入れて大喜びさせることもできなくなる」

「彼は今、パリですかあ」行方不明ではなかったのだ。上代警部はほっとして珈琲に手をのばす。いつもの取調べのようになったので気が楽になったのだ。「憑依の対象として彼を選ばれたのは」

「結野君と同じで、健康であること、眼を泳がせていてもさほど違和感のない顔貌であること、そして彼の場合は美術の制作に不都合なく手先指先が思い通りになること。あと、結野君の場合は事件発生当時、家族親類縁者がいないこと。これらの条件は彼らが生まれる何千億年も前から決っていたことだ」

真一は少し冗談めかして笑顔を作り、訊ねた。「風貌に関し、GODのお好みはなかったので」

「無論、わしの美のモデルに反せぬよう自然と彼らは成長した。それから、お前さんだがね上代君。この事件に大きくかかわるお前さんまでを、それから紺野雅彦君も、ついでのことにわしは美のモデルに背かぬように成長させてきたんだよ。中でもお前さんはいちばん優れた成長ぶりを示したな」

真一は赤面し、今までそんな自意識はなかったようなふりをしようとしたが、GODには通用しないと思い、慌ててまた珈琲を飲んだ。「栗本健人に戻りますが、彼にあの片腕や片足のバゲットを作らせたのは、いや、実際にはGODご自身がお作りになったのだという確信があるのですが、これはなぜですか」

「そうだよ。あれはわしが作った。結野君を驚かせて新聞のコラムを書かせるためにな。それから結野君には、お前さんがアート・ベーカリーに来ている時、彼が店のドアを開ける寸前に取り憑いた。これは一瞬にして全面的に侵略した」

上代真一警部は悟る。今度の事件全体の、GODの行為の最終的な意図というのは、事件の経過を復習し終えてからでなければ明かして貰えないようである。真一は経過をすっ飛ばすことにした。「そのアート・ベーカリーから公園での市民との対話、そして最終的には群衆相手のあの騒ぎとなって、逮捕に到り、次は裁判での陳述、さらにマスコミの大騒ぎとそしてテレビでの談話、小さなことではあの竹内千鶴子という主婦に犬をつれて河川敷を散歩するよう命じたことや、この美禰子さんや伊藤治子や加藤淳也に何やかや命じたこと、これら一連のGODの行為はすべて隣接する可能世界との、破られた接点を縫合するという作業の一環だったわけですか」

「一環ではない。作業そのものだよ」

「そうしたことが、縫合になるんですか。世界と世界の縫合というのはずいぶん大仕事のように思いますが」

「お前さんが想像しているように、まさか針と糸で世界を縫合したりはせんよ。お前さんは巨大な布地の綻びを縫いあわせ繕っているわしを想像したが、そんなまどろっこしいことをわしがするもんかね。すべての作業は論理的な計算だけで成立している。わしの言動のひとつひとつが計算式の通りに行われているわけで、その論理計算というのは神の数学に通じていなければ理解できないことなんだよ。と、そう言ってもお前さんは納得しないだろう。そこで、こんなものを見せてあげることにした」

ＧＯＤは美禰子の目の前で初めて奇術的な技を見せた。上着の内ポケットに手を入れたかと思うと、そんな小さなポケットにはとても収まりきれない量のコピー用紙の束を取り出したのだ。それはＡ４の大きさで枚数は優に百枚以上あった。ＧＯＤにしてみればおそらく一瞬の作業だったのであろうが、結野教授のデスクに置かれたパソコンとプリンターによって打ち込まれ、印刷されたものに違いなかった。

「これがお前さんたちの現代の書きかたによる論理計算式だ」ＧＯＤは警部にコピー用紙の束を渡した。「理解できるかな」

一枚目に書かれている最初の方の論理計算式はこのようなものだった。

$(s) \sim sEs$

$(r)(s)(t)[(rEs \ \& \ sEt) \rightarrow rEt]$

$(s)(t)(sEt \vee s = t \vee tEs)$

$(\exists s)(t)(t \neq s \rightarrow sEt)$

$(s)(\exists t)[sEt \ \& \ (r)(rEt \rightarrow (rEs \vee r = s))]$

$(\exists s)[(\exists t)tEs \ \& \ (t)(tEs \rightarrow (\exists r)(tEr \ \& \ rEs))]$

$(x)(\exists s)[xFs \ \& \ (t)(xFt \rightarrow t = s)]$

$(x)(y)(s)(t)[(y \in x \ \& \ xFs \ \& \ yFt) \rightarrow tEs]$

$(x)(s)(t)[xFs \ \& \ tEs \rightarrow (\exists y)(\exists r)(y \in x \ \& \ yFr \ \& \ (t = r \vee tEr))]$

$(s)(\exists y)(x)[x \in y \leftrightarrow (\phi \ \& \ (\exists t)(tEs \ \& \ xFt))]$

$(s)[(t)(tEs \rightarrow (x)(xFt \rightarrow \psi)) \rightarrow (x)(xFs \rightarrow \phi)] \rightarrow (s)(x)(xFs \rightarrow \phi)$

$(z)(w)(\exists y)(x)[x \in y \leftrightarrow (x = z \vee x = w)]$

$(s)(\exists y)(x)[x \in y \leftrightarrow ((x = z \vee x = w) \ \& \ (\exists t)(tEs \ \& \ xFt))]$

$(z)(\exists y)(x)[x \in y \leftrightarrow (w)(w \in x \rightarrow w \in z)]$

$(s)(\exists y)(x)[x \in y \leftrightarrow ((w)(w \in x \rightarrow w \in z) \ \& \ (\exists t)(tEs \ \& \ xFt))]$

こういう式が一ページ全体に及んでいて、次のページもほぼ同様だった。

「ギミックと思われないように少し説明しておこうかね。一行めは『〈よりも前〉という関係は非反射的である』。二行めは『〈よりも前〉という関係は推移的である』。三行めは『〈よりも前〉という関係は連結している』。四行めは『最初の段階が存在する』。五行めは『どの段階の直後にも別の段階が存在する』。あとは省くが、まあそういったようなものだ。最初の二、三ページは現代哲学や記号論理学を学ぶ者になら理解できるだろうが、五、六ページめまでくるともはやお前さんたちの知らない記号ばかりになってしまうから、何が何だかわかるまい。お前さんたちからすれば未来の記号であり、あらかじめ失われてしまっている記号でもある」

警部は断られることを恐れる眼でＧＯＤを見ながら言った。「これはあのう、頂戴して帰ってもよろしいので」

「いいよ」とＧＯＤは言う。

どうせわからないのに、と思いながら美禰子は嬉しげにコピー用紙を鞄に入れる真一をやや軽蔑の眼で見た。真一にしてみれば思いがけず堤への土産ができたと思い、飛びあがるほど嬉しいのである。陽が翳ってきた。美禰子はリビングの照明を点ける。

もうこんな時間か、という顔をして警部は屋外を見た。美禰子による室内の点灯は辞去を促されているのではないかと思って彼は前屈みになり、美男子らしくもない、やや卑屈な姿勢でGODに訊ねる。「それでGOD、もう可能世界との間の綻びは繕われたのでしょうか。それともまだであり、もしかして現在のこの私との対話も繕い作業の中に入っているんでしょうか」

「何もかも終ったよ」と、GODは頷いて言った。「お前さんとのこの会話は最後の仕上げに過ぎない。すべて完全に終った。わしに間違いはない」

「世界はもと通り、ということですね」上代警部はまるで子供のように嬉しげに言って、ゆっくりと立ちあがった。「こういう結果になると、貧乏籤を引いたのはあの新井信吾検事と瓶子孝明弁護士だけということになりますなあ」

「それも心配せんでよい。あの二人、それぞれ難事件を解決して出世することになる」

「ははあ。それは祝福のうちには入らないんですか。GODは誰にも祝福などしないと言っておられたようですが」真一はそう言ってから自分を睨みつけている美禰子を見て、さすがに余計な軽口を叩いたと自覚し、あわてて頭を下げる。「失礼なことを申しあげてしまいました。警察官としてはまだお伺いしたいことがたくさんあるように思うのですが、やはりもう、失礼しなければならないのでしょうね」警部はもう一度、丁寧に一礼してから美禰子にも頷きかけた。「長い間お邪魔してしまいました」

警部を送り出して美禰子がリビングに戻ると、GODはベランダに出て以前のように手摺の手前に立ち、暮れなずむ街に顔を向けていた。だがその視線はあいかわらず濃紺になりかけている空のあちこちへやや慌ただしげに彷徨い続けている。美禰子はそっとGODの横に立った。今のGODと警部の会話によって、GODとの別れが近づいているということがわかっていた。それでも美禰子は、ほんの一瞬であってもGODとの別離を先延ばしにしたかった。何を話せばいいのか。どう言えばGODは結野教授という眼に見える姿でもう少し長くこの世界に存在し続けてくれるのだろうか。ああ、そう言えばわたしが彼を「先生」ではなく「GOD」と呼びはじめたのはいつからだったろうか。

「GOD。わたしも警部と同じで、まだわからないことがいっぱいあるような気がしています。わたしにとっては謎が多過ぎると言っていいと思うんです。ほら。GODはあのテレビ番組の中で、この世界が小説の中の世界かもしれないって示唆なさったでしょう。だとすると作者は提出した謎について、物語が終るまでにすべて解決しておく責任があるわけですよね」

「ああ。『カラマーゾフの兄弟』を訳した亀山郁夫君がそんなことを言っておったな。しかし作者がもし、無責任で掟破りが大好きという者であったとしたらどうかね」

「GOD」美禰子は思わずあきれた声を出した。「言い逃れだと思います。すべての小説も含め、すべての作者も含め、すべてを創りだしたのはGODじゃないんですか。もしそうでないのなら、そんな言い訳が通用するのなら、GOD、あなたが存在している理由って、いったい何ですか」

「君には言ってしまおうかな。他の誰かに言うと、人間ってものはそれを楯に取ろうとするからね。わしが存在している理由はね、愛するためだよ。わたしが創ったものすべてを愛するためだよ。当然だろう。すべてはわしが創ったんだ。これを愛さずにいられるもんかね」

美禰子の胸に暖かいものが流れた。それはすぐに、血液よりも熱くなった。「初めておっしゃったわ。愛という言葉を。今までは真とか善とか美だけだったのに」

「そしてわしは高須美禰子君、無論のことだが君も愛しているよ。五千億年以上前から愛しているし宇宙が消滅したあとだって愛し続けるだろう。そしてな、わしの愛は例えようもなく大きいんだ。君がわしを愛してくれていることは知っているが、わしの愛はその何千万倍も大きいんだよ」

「GODは今、わたしを泣かせようとしています」美禰子は涙を堪えながら言った。「でもわたしは泣きませんからね。クライマックスの部分品になってたまるもんですか。わかってます。GODはもうすぐ、いなくなるんでしょう。あとに残るのは何も知らない結野先生だけ。そしてGODはもう二度とわたしの前にあらわれることはありません。それも知っているんです。ねえGOD、GODは以前あの加藤淳也に、身も蓋もないことは世の中にいっぱいあるっておっしゃったわね。でも、身も蓋もないことと言ったら、まさにGODの出現でGODの存在を皆が知ったそのことこそが身も蓋もないってことになるんじゃないでしょうか。だってGODの存在はもう、ほとんどの人が知っているんです。世界中の人が知ってるわ。そのお蔭で、聖書をはじめありとあらゆる聖典や神話や、果ては民話や伝承のたぐいまでの多くが反古になってしまうんですもの。あっ。それどころじゃないわ。教会がなくなってしまいます。そしておそらく他のいろんな教会も、仏教やイスラムの寺院もなくなってしまって。ああ大変だわ。世界中から宗教的な美術や建築までが、なくならないまでも、神も仏もあるもんかというので、ないがしろにされてしまいます。身も蓋もないわ」

「ああ。真実とは常に身も蓋もない。しかしな、君の心配するようなことには絶対にならないよ。わしがそうならないようにしておくからね」

「えっ。どうするんですか」

「わしがここを去る前に、わしに関する君たちのあらゆる記憶をすべて消してしまうからだよ。もうすでに消しはじめておるのだが、さっき上代真一警部が持ち帰った計算式が、彼の望み通り堤君に手渡されることはないだろう。彼らはすでに予感していたようだが、あの二人がわしに関して話すことはもう二度とあるまい。わしに関する記憶だけではなく警察に保管されている関早智子君の片腕や片足も消失して誰の記憶にも残らない。裁判記録も、新聞や週刊誌の記事も、写真やテレビの画像なども含めて全部だ」

熱かった筈の血が急激に冷えた。「それはもしかして、わたしの中にあるGODの記憶もでしょうか。ああ当然そうですよね。でもお願い。そうじゃないと言ってください」

だがGODは黙っていた。

「お願いです。わたしひとりくらいの記憶くらいは残しておいてくださってもいいじゃありませんか。ＧＯＤ」美禰子は大声で泣き出した。「ＧＯＤがわたしの前から消えてしまうだけじゃなくて、わたしの記憶まで消してしまうなんて。とても我慢できません。ＧＯＤ。ＧＯＤ。それはやめてください。ＧＯＤと一緒だった時の記憶って、わたしにとってすごく大事だし、すごく愛おしいんです。お願い。わたしの記憶だけは消さないでください。ＧＯＤを愛したわたしの時間が、それがどこかへ行ってしまってもう戻ることがないなんて、そんなことは厭です。それがどれだけ残酷なことなのか、ＧＯＤにはおわかりですか。そんな人間の感情を、ＧＯＤはおわかりにならないんですか」

しかしＧＯＤはまったくの無感情のままで言った。「おやおや。何だかこの小説家がだいぶ以前に書いた『時をかける少女』のラストみたいじゃないか。でも、そういうわけにもいかんのだよ」

4

ＧＯＤは美禰子の顔を見ようともしなかったし、美禰子はＧＯＤの傍でただ泣きじゃくるしかなかった。ＧＯＤから愛されている、ただそれをほんの一瞬知っただけで満足しなければならないのだった。それだって自分の思い出にはならず、忘却の彼方に去ってしまうのだ。

午前六時、斉藤菊枝はアート・ベーカリーの中地階に入ってきて掃除を始める。彼女はなんだか楽しそうだ。それはいつものもの、自慢の職場であるというだけの楽しさではないようにも見えた。彼女は歌を歌っている。ジリオラ・チンクェッティの「愛の花咲くとき」であり、驚くほどの美声だ。

午前七時、中地階の掃除が終る頃に倉見直之と堀宏美がやってきたので彼女は歌うのをやめる。そんなに朝早くからいつも一緒に来る以上、この二人は同棲している筈だと斉藤菊枝は察しているし、彼らとてそれを隠そうとしているわけではない。彼らは朝の挨拶を菊枝と交わしたあと、パン生地を出してきて動物のバゲットを作りはじめる。菊枝はすぐ一階の店の掃除にかかるため階段を上がっていくので、彼らの間にほとんど会話はない。そして菊枝は、一階では歌わない。

そのすぐあと、島勝己がやってきてパン作りに加わる。彼らは朝の挨拶なしで軽口を交わし、島は二人が作った動物のバゲットの出来映えをちょっと確認するが、最近注文をつけたことは一度もない。島は通常のバゲットとバタールを作りはじめる。島も二人の関係を承知しているものの、それを軽口の種にしたことも一度とてない。

七時半には紺野雅彦と佳奈の夫婦が店におりてくる。菊枝と挨拶を交わし、雅彦はテーブルや椅子を拭いて掃除し、佳奈は表の通りへ掃除に出る。菊枝は店の床の掃除を終えて帰宅する。彼女は帰宅後、大急ぎで不動産屋の亭主のために朝食を作ってやらなければならないのだ。

佳奈は掃除をしながら通りの向かいに滝本パン店の主婦の姿を見て、にこやかに挨拶する。店の前を掃除していた美加子は、いつにない佳奈の笑顔にちょっと驚くが、すぐに自分も笑顔になって会釈した。彼女は掃除を終えると店内に戻り、店の奥の間で朝食を食べている俊朗に言う。

「アート・ベーカリーの奥さんさあ、無愛想な人だと思ってたけどさあ、わりといい人みたい」

新聞を読みながらの俊朗はまるで無関心である。「そうかい。なんで」

「あの人、笑うと可愛いのよね」

「そうかねえ」俊朗は面倒そうに言う。「おれ、ああいう女はご免だね」

午前九時半、アート・ベーカリーでは、動物のバゲットを作り終えた倉見直之と堀宏美があとを島勝己に委ねて中地階から一階へあがり、オーナー夫妻に挨拶して店を出る。彼らはこれから美大の授業に出るのである。

午前十時、雅彦が調理の準備をする。藤田すま子が出勤してきてオーナー夫妻と朝の挨拶を交わし、ウエイトレス用の仕事着に着替える。その頃美大のキャンパスでは栗本健人と高須美禰子がすれ違う。彼らはお互い、顔こそ知っているものの、つきあいはないので挨拶なしだ。そのしばらく後、栗本は教室で友人の倉見直之に会い、話をする。話題はヨーロッパ旅行だ。倉見はいずれ宏美と共に行くことを決めているが、栗本は希望するパリ旅行が今の貯金ではとても実現しそうにないことを嘆く。でも何だか予想外のことが起って、行けそうな気もすると夢のようなことも言う。

午前十一時、アート・ベーカリーが開店する。お喋りの平尾俊恵がやってきて、何やかやと佳奈に話しかけながらバゲットを買い、そのあと通りの向かいの滝本パン店に行って美加子と話しながらペットボトルのリンゴジュース一本と天然水二本とウーロン茶一本を買う。

俊恵と入れ違いに結野楯夫教授がアート・ベーカリーにやってくる。藤田すま子やオーナー夫妻と軽口まじりの挨拶を交わし、いつもの席についてすま子にいつも通りの注文をし、新聞を拡げる。なんだか浮き浮きしているのは、知らぬ間に貯金が増えていたからである。執筆先の、または出版社のどこかからの原稿料か印税が入ったからであろうが、いつどこからの入金なのかを調べようとする気はない。教授は金に関していつも実に大雑把なのである。

午後零時過ぎ、美大の学食では堀宏美と實石夏生が出会い、ランチを食べながら話している。實石は来月上演する「生きてゐる小平次」の舞台装置を担当していることなどを話す。同じ時間に学食でランチを食べ終わった高須美禰子は、校庭で結野楯夫教授とすれ違う。美禰子は結野の講義を聴いているから彼をよく知っているものの、教授の方は美禰子のことをまったく知らない。

午後一時半、公園では買い物帰りの小川良美と伊藤治子と池崎利江が立ち話をしている。

良美が息子の帝人をブランコに乗せてやっているのを見た仲の良い治子と利江が一緒に公園に入ってきたのだ。たちまちお喋りがはじまって、帝人はつまらなそうにしばらく母親の手を握っていたが、その手を振り離して芝生の囲いの周囲を駈けはじめる。治子がいつもより陽気なのは、暇にあかせてたった一冊だけ翻訳したイギリス人女性の書いた童話の本がなぜか売れはじめ、多額の印税が入ったためらしい。帝人はジャングルジムで遊んでいる年上の子供たちの方へ駈けて行き、一緒に遊びはじめる。やがて良美が時計を見て息子を呼び寄せ、女三人と子供ひとりは公園から出て行く。

陽が傾く。大学生同士と思える男女がやってきて公衆便所の臭いが漂ってこない南側のベンチに腰掛け、しばらく痴話喧嘩のようなやりとりをしたあと、なんとなく仲直りをして公園を大通りへと出て行く。その直後に同じ入口から不良高校生の浜野宗一と柏田潤が入ってくる。彼らは雑木林を通って裏通りへ出ようとしているのだが、裏通りから小径を歩いてきた高須美禰子と公園の北側ですれ違う。美禰子をちょっと振り返り、彼女と顔見知りという程ではないものの、なんとなく美禰子を知っているらしいふたりは歩き続けながら顔を見あわせる。

「おい。あいつ最近、綺麗になったたな」

宗一がそう言うと潤も大きく頷く。

「うん。そうだな」

ふたりの声を背中で聞き、美禰子は歩きながらちょっとにんまりする。肩から大きな画板を提げた彼女は手に一冊の革装本を持っている。その分厚い本の表紙には「トマス・アクィナス『神学大全』第一巻」とある。

街の書店では「黒い本」を売っていた。評判になり、よく売れていた。テレビによく出るその出版社の社長は、不思議なことになぜ自分がそんな本を出そうとしたのか、さっぱりわからないと言っているのだった。

本署の屋外喫煙所でキャメルを喫いながら堤は近づいてくる上代真一警部を見ていた。捜査からの帰りであろう。真一の表情には勝利感のようなものが浮かんでいた。いつ見てもいい男よのう。堤は心の中でそう呟く。堤に気づいた真一は喫煙所に立ち寄ることなくただ片手をあげただけで通り過ぎて行く。堤は煙を吐き出しながら本署の玄関に向かう真一の後ろ姿をしばらく眼で追っていたが、やがてにやりとひとりほくそ笑むようにしてから、またキャメルをくわえる。

しばらく無人だった公園は、あれから風が少し強くなっていた。大通りの側の入口からアイスを食べながら女子高生の進藤真理と竹内暢子が入ってくる。二人は南側のベンチに掛け、いろんな話をする。

「この間、不思議なことがあってさ」と、竹内暢子が言う。「母さんのダイヤモンドがなくなったって話、したでしょ」

「ああ。指輪よね。あったの」

「出てきたの。母さんったら、あれティッシュペーパーにくるんで、台所の窓際のレールの上に置いてたのよ。洗い物をする時に落しちゃ大変だと思って」

「ああよかった。じゃ、あったのね」

「あったんだけど、それが不思議なのよ。指輪のダイヤモンドはあまり大きくないダイヤだったんだけど、それと別にもうひとつ、同じ大きさのダイヤがティッシュの中に入ってたの」

「ええーっ。それって、どういうこと」

「わからないの。不思議でしょ。でも母さん大喜び。だからそのダイヤ、わたしにくれるってさ」

「わあ。いいわねえ」

大声で喜びあい、もうひとつのダイヤの出現をしきりに不思議がっている二人の眼の前で、雑木林の方から大学生と思える小肥りの青年が手にしたアップルのｉフォーンを見ながらやってきて、芝生の柵に足を取られ、あーっと叫びながらみごとに芝生へ倒れ臥す。二人の女子高生はあっけにとられてただ見ているだけである。

大学生が左足を引きずりながら公園を出て行ったあと、女子高生ふたりもくすくす笑いながら雑木林の中へ去って行く。やがて黄昏れ時となり、風はやんだものの、あたりには次第に宵闇が迫ってくる。

大通りに面した公園の入口から、いつもの二合瓶ではなく、今日はなぜか奮発したらしい三合瓶を手にしてご機嫌の加藤淳也が、ふらふらと覚束ない足取りで入ってくる。

参考資料

トマス・アクィナス「神の存在の真性について」坂田登・訳
トマス・ヴィオ・カエタナス「名称の類比について」井澤清一・訳
ウンベルト・エーコ「トマスの美学・超越的特質としての美」浦一章・訳
ジャン＝フランソワ・リオタール「時間、今日」小林康夫・訳
G・W・ライプニッツ「必然的真理と偶然的真理」岡部英男・訳
デイヴィッド・ルイス「哲学者の楽園」飯田隆・訳

及び左記の諸氏の著作を参考にしました。

故・中野幹隆氏。故・花井一典氏。故・山田晶氏。山内志朗氏。中戸川孝治氏。藁谷敏晴氏。戸田山和久氏。飯塚知敬氏。その他多くの著者にお礼申し上げます。

初出　「新潮」二〇一五年十月号

装画　筒井伸輔
装幀　新潮社装幀室

モナドの領域《りょういき》

著者 筒《つつ》井《い》康《やす》隆《たか》

二〇一五年十二月五日 発行

発行者 佐藤隆信

発行所 株式会社新潮社

〒一六二―八七一一 東京都新宿区矢来町七一
電話 編集部〇三（三二六六）五四一一
読者係〇三（三二六六）五一一一
http://www.shinchosha.co.jp

印刷所 大日本印刷株式会社

製本所 大口製本印刷株式会社

ISBN978-4-10-314532-5 C0093

聖痕　筒井康隆

一九七三年、葉月貴夫は余りの美貌ゆえに五歳にして性器を切り取られたが――。聖と俗、性と美食、濁世と未来を担う、文学史上最も美しい主人公の数奇極まる人生。

世界はゴ冗談　筒井康隆

巨匠がさらに戦闘的に、さらに瑞々しく――。老人文学の臨界点「ペニスに命中」、震災とSFの感動的な融合「不在」、爆笑必至の表題作など、異常きわまる傑作集。

文学の淵を渡る　大江健三郎　古井由吉

私たちは何を読んできたか。どう書いてきたか。半世紀を超えて小説の最前線を走りつづけてきたふたりの作家が語る、文学の過去・現在・未来。集大成となる対話集。

井上ひさし全芝居（全七冊）　井上ひさし

現代日本最高の劇作家井上ひさし戯曲の全貌を明らかにする集大成。二十四歳での処女戯曲「うかうか三十、ちょろちょろ四十」から最後の戯曲「組曲虐殺」までの60編。

兄おとうと　井上ひさし

兄は「民本《みんぽん》主義」を唱える吉野作造。十歳年下の弟はお役人。大正から昭和へ、仲良し兄弟も〝国家〟をめぐって大喧嘩！　民主主義の先達の苦闘を描く大好評の評伝劇。

井上ひさし「せりふ」集　井上ひさし　こまつ座編

「ことば」が「せりふ」になると、哀しみは笑いに変わる――。処女作から遺作「組曲虐殺」まで、70にも及ぶ戯曲から、こまつ座が自ら厳選した107の名せりふを収録。

世界終末戦争

マリオ・バルガス＝リョサ
旦　敬介訳

19世紀末、ブラジルの辺境に安住の地を築こうとして叛逆の烙印を押された「狂信徒」たちと政府軍が繰広げた、余りに過酷で不寛容な死闘……。'81年発表、円熟の巨篇。

都会と犬ども

マリオ・バルガス＝リョサ
杉山　晃訳

腕力と狡猾がものを言う士官学校を舞台に、少年たちの抵抗と挫折を重層的に描き、残酷で偽善的な現代社会の堕落と腐敗を圧倒的な筆力で告発する。'63年発表の出世作。

1947-1955
落葉《おちば》 他12篇
〈ガルシア＝マルケス全小説〉

ガブリエル・ガルシア＝マルケス
高見英一他訳

落葉《やつら》の喧騒が吹き荒れた後、この町には「死」が一つ、重く虚しく残された。生の明滅を見つめ、物語の可能性を探り、蜃気楼の町マコンド創造に至る、若き日の作品群。

1958-1962
悪い時 他9篇
〈ガルシア＝マルケス全小説〉

ガブリエル・ガルシア＝マルケス
高見英一他訳

町の平安は、もろくも揺らいだ。誰の仕業とも知れぬ貼紙《ビラ》が書きたてる周知の醜聞《うわさ》に……。疑惑と憎悪、権力と暴力、死と愛の虚実の間《あわい》に、まざまざと物語る人世の裸形。

1967
百年の孤独
〈ガルシア＝マルケス全小説〉

ガブリエル・ガルシア＝マルケス
鼓　直訳

愛は誰を救えるのか？　蜃気楼の村の開拓者一族に受け継がれ、苦悩も悦楽も現実も夢幻も呑み尽す、底なしの孤独から……。世界文学を牽引し続ける、人間劇場の奔流。

1968-1975
族長の秋 他6篇
〈ガルシア＝マルケス全小説〉

ガブリエル・ガルシア＝マルケス
鼓　直
木村榮一訳

独裁者の意志は悉《ことごと》く遂行された！　当の独裁者を置去りにして。純真無垢な娼婦が、正直者のぺてん師が、人好きのする死体が、運命の廻り舞台で演じる人生のあや模様。

1976-1992

予告された殺人の記録／十二の遍歴の物語

〈ガルシア＝マルケス全小説〉

ガブリエル・ガルシア＝マルケス
野谷文昭 旦敬介 訳

そして男は最後に気づいた。おれは殺されたのだ——運命の全貌に挑んだ熟成の中篇。人生という奇蹟の閃光を、異郷に置かれた人間の心に映し出す、鮮烈な十二の短篇。

1985

コレラの時代の愛

〈ガルシア＝マルケス全小説〉

ガブリエル・ガルシア＝マルケス
木村榮一 訳

51年9ヵ月と4日、男は女を待ち続けた……。舞台はコロンビア、内戦が疫病のように猖獗した時代。愛が愛であることの限界に挑んで、かくも細緻、かくも壮大な物語。

1989

迷宮の将軍

〈ガルシア＝マルケス全小説〉

ガブリエル・ガルシア＝マルケス
木村榮一 訳

南米新大陸の諸国を独立へと導いた英雄、シモン・ボリーバル。解放者と称えられた将軍が最後に踏み入った、失意の迷宮。栄光——その偉大なる陰画を巨細に描き切る。

1994

愛その他の悪霊について

〈ガルシア＝マルケス全小説〉

ガブリエル・ガルシア＝マルケス
旦敬介 訳

狂犬に咬まれた侯爵の一人娘に、悪魔憑きの徴候が。悪魔祓いの命を受けながら、熱く娘と惹かれ合う青年神父。ひたむきな愛の純情。やはりそれは悪霊の所業なのか？

2004

わが悲しき娼婦たちの思い出

〈ガルシア＝マルケス全小説〉

ガブリエル・ガルシア＝マルケス
木村榮一 訳

90歳を迎える記念すべき一夜を、処女と淫らに過したい！ 作者77歳にして川端の『眠れる美女』に想を得た、悲しくも心温まる、波乱の恋の物語。今世紀の小説第一作。

生きて、語り伝える

ガブリエル・ガルシア＝マルケス
旦敬介 訳

何を記憶し、どのように語るか。それこそが人生だ——。作家の魂に驚嘆の作品群を胚胎させた人々と出来事の記憶を、老境に到ってさらに瑞々しく、縦横に語る自伝。